Karin Heinrich

Lebensbilder
Momentaufnahmen

Kurzgeschichten und Episoden

Alle Texte, Satz und Layout: Karin Heinrich
www.gedichtschatulle.de

Coverfotografie: Felix Mittermeier

**Bibliografische Information der
Deutschen Nationalbibliothek:**
Die Deutsche Nationalbibliothek verzeichnet diese
Publikation in der Deutschen Nationalbibliografie;
detaillierte bibliografische Daten sind im Internet über
http://dnb.dnb.de abrufbar.

© 2019 Heinrich, Karin
Herstellung und Verlag:
BoD – Books on Demand, Norderstedt

ISBN: 9783749466597

Karin Heinrich

Lebensbilder
Momentaufnahmen

Kurzgeschichten und Episoden

Inhalt

Ein Spruch von Friedrich Max Müller (1823 – 1900),
deutscher Sprach- und Religionswissenschaftler

Wenn wir es selbst versuchen, Begebenheiten und Gespräche, deren Zeugen wir vor vielen Jahren waren, ohne Hilfe von Büchern oder Aufzeichnungen niederzuschreiben, so werden wir sehen, wie schwer es ist und wie unzuverlässig unsere Erinnerungen sind.
Wir können dabei ganz wahrhaft sein, aber es folgt durchaus nicht, dass wir auch wahr und zuverlässig sind.

***

Bei den Texten handelt es sich teilweise um eigene Erinnerungen oder Erlebnisse. Ich bemühte mich und fügte meinen Wahrnehmungen eine große Portion Fantasie hinzu. So entstanden Geschichten, von denen viele Details frei erfunden sind.

Rebellion im Klassenzimmer
Aus dem Leben meines Großvaters

Im Familien- und Verwandtenkreis wurde die Story, die inzwischen über einhundert Jahre zurückliegt, von Generation zu Generation mündlich weitergegeben. Als Kind kannte ich sie vom Hörensagen. Jedes Mal war ich aufs Neue beeindruckt, wenn die Erwachsenen sie erzählten.

Pauls Wissbegierde und Neugier und sein stark ausgeprägter Ehrgeiz hatten ihn von Kindheit an zu außergewöhnlichem Tun angeregt, das seinesgleichen suchte. Etwas Schuld daran trugen seine Eltern, überaus arme, aber ehrbare Leute, die immer versuchten, mit ihren bescheidenen Mitteln jedes ihrer acht Kinder bestmöglich zu fördern.
Bereits vor seiner Einschulung 1898 konnte Paul lesen und schreiben, weil er ständig seine Nase in die Schulhefte der älteren Geschwister steckte und sie mit Fragen überhäufte. Ein bisschen wurmte es ihn, dass er der Jüngste war und die anderen ihn „Kleiner" nannten. Dabei war er von kräftiger Statur und für sein Alter keineswegs klein.

In der Schule fiel er durch seine Zielstrebigkeit auf. Zweimal durfte er aufgrund seines Wissens und seiner schnellen Auffassungsgabe eine Schulklasse überspringen. Rein äußerlich fiel er nicht unter seinen älteren Mitschülern auf. Dass sie zu ihm aufschauten, war ihm gar nicht recht. Vom Wesen her war er bescheiden und zurückhaltend.
Paul wusste, dass der Pflichtbesuch in den Volksschulen der Umgebung nach der sechsten Klasse endete.

Die Schulzeit im Heimatort währte jedoch versuchsweise acht Jahre. Aber was hatte ihm das Überspringen der Klassen genutzt? Nichts, rein gar nichts! Es bedeutete, dass er in der letzten Klasse, der achten, drei Jahre absitzen musste, bis er vierzehn war. Eher war seine Schulentlassung nicht möglich.

Nach dem Unterricht half Paul der Mutter, wo er nur konnte und immer noch etwas mehr, als sie von ihm erwartete oder verlangte. Bis in die späten Abende hinein war er mit irgendeiner Arbeit beschäftigt, um mitzuhelfen, dass die Familie über die Runden kam. Zusätzlich half er an einigen Wochentagen dem Pfarrer der Gemeinde, seinen großen Garten in Schuss zu halten.

Der Pastor, mochte diesen Jungen, weil er sehr geschickt war und alle Arbeiten schnell und gründlich ausführte. Außerdem unterhielt er sich nach getaner Arbeit gern mit ihm. Paul war ein bisschen „Sohnersatz" für ihn, denn seine eigenen drei Jungen besuchten die höhere Schule in einer sechzig km entfernten Stadt. Sie lebten in einem streng geführten Internat. Natürlich hätten sie auch am Heimatort die höhere Schule besuchen können, aber diese hatte keinen guten Ruf. Deshalb nahmen sie die Trennung in Kauf und kamen nur alle vierzehn Tage einmal an den Wochenenden nach Hause. Sie fehlten Vater und Mutter sehr, auch bei der Bewirtschaftung ihres großen Gartens und eines schmalen kleinen Feldes sowie bei der Versorgung der Tiere. Drei Schweine, zwei Ziegen, eine Kuh, ein Pferd, Gänse, Hühner und Kaninchen wollten versorgt sein.

Der Pastor entlohnte Paul für seine Hilfe immer großzügig mit Naturalien aus seinem Garten oder vom Feld, einer Kanne Milch, einem Stück Speck oder ein paar Eiern.

Zu Hause lieferte Paul alles ab. Die Mutter verwandelte diese Mitbringsel zu köstlichen Gerichten, ohne dass auch nur ein Kräutlein oder Produkt davon nicht genutzt worden oder verdorben wäre. Es war für sie nicht so einfach, jeden Tag acht Kinder satt zu bekommen.

Eines Tages wollte der Pfarrer Paul eine besondere Freude machen und gab ihm zu den Naturalien noch etwas Geld dazu. Aber Paul wollte das Geld nicht annehmen. Etwas zaghaft, schüchtern fragte er: „Darf ich mir statt des Geldes etwas anderes wünschen?"

Der Pfarrer war sehr verwundert, weil Paul bisher nie etwas für seine Arbeit verlangt hatte und weil er statt des Geldes, das in seiner Familie an allen Ecken und Enden fehlte, einem anderen Lohn den Vorzug geben wollte.

„Was wünschst du dir denn?", fragte er neugierig und war gespannt auf die Antwort.

„Sie würden mir eine sehr große Freude machen, wenn ich jedes Jahr die Schulbücher Ihrer Söhne bekäme, die sie nicht mehr brauchen." – „Wenn du weiter keine Wünsche hast?"

„Vielleicht … noch ein wenig Petroleum oder eine Kerze." Mit diesen Dingen wurde zu Hause gespart. Nach dem Einsetzen der Dunkelheit konnte Paul nicht mehr lesen, obwohl er es so gern getan hätte.

„Ja, das lässt sich machen", meinte der Pfarrer.

Überglücklich rannte Paul nach Hause, unter einem Arm einen Packen alter Schulbücher der höheren Schule, in der anderen Hand eine Flasche Petroleum, in der Hosentasche zwei Bienenwachskerzen und ein paar Heller. Der Pfarrer hatte darauf bestanden, dass er auch diese mitnahm.

Stolz breitete Paul die Schätze vor seinen Eltern und Geschwistern aus. „Wenn wir dich nicht hätten!", sagte die Mutter und strich ihrem Jüngsten zärtlich über den Kopf.

Der Vater, der sich als Weber in einer Fabrik täglich zwölf Stunden beim Rattern der Webstühle krumm machte, wog die Bücher in seinen Händen. Dann sagte er leise und mit Nachdruck:

„Paul, wenn du eines Tages der Armut entkommen willst, ist Bildung deine erste Pflicht, sonst bleibst du ewig ein armer Schlucker wie ich. Lerne in jeder freien Minute, die du hast!"

Aber dieser Worte bedurfte es gar nicht, denn Paul verspürte von sich aus diesen starken Wissensdrang. Egal, woher er etwas bekam oder erfuhr, er nahm alles begierig in sich auf. Eine reine Quälerei, diese drei Jahre in der Achten! Paul konnte sie nur ertragen, weil er sich zu helfen wusste. Fast immer hatte er ein Buch unter seinem Schulheft oder auf seinen Knien liegen, in welchem er nebenbei las, doch mit einem Ohr nahm er den Unterricht wahr. Er musste sich sehr konzentrieren, diese zwei Sachen gleichzeitig zu tun und höllisch aufpassen. Wehe ihm, wenn er erwischt worden wäre, dass er sich mit anderen Dingen beschäftigte.

Was er außerdem gern machte, um nicht vor Langeweile einzuschlafen: Er beobachtete den Lehrer sehr genau. Was dieser lehrte, war für ihn nicht von Bedeutung, denn er konnte ja schon alles, es war ohnehin nichts Besonderes. Aber wie er versuchte, es den Schülern beizubringen oder einzutrichtern, das fand er sehr interessant. Oft ertappte er sich dabei, das er es ganz anders, viel einfacher, eindringlicher und leichter begreifbar erklärt hätte, wenn er an Stelle des Lehrers da vorn gestanden hätte.

Lehrer Obermeier gab ihm manchmal sogar Gelegenheit dazu und zwar meist dann, wenn er sich häusliche Nachbereitungsarbeit ersparen wollte. Er stellte Paul vor die Klasse, der etwas erläutern oder Übungen mit seinen Mitschülern durchführen sollte, während er an der Seite saß und Hefte durchsah oder er lehnte sich zurück und machte gar nichts. Paul mochte diesen hageren, stets unfreundlichen, strengen, pedantischen Mann nicht, der allzu oft seine Macht mit dem Rohrstock ausspielte, bei jedem kleinen Vergehen die Kinder verprügelte und drangsalierte. Ein Lob kam so gut wie nie über seine Lippen. Keiner wagte aufzumucken. Zucht und Ordnung und unbedingter Gehorsam wurden von jedem Jungen erwartet und keiner wagte auch nur den geringsten Widerspruch. Die Angst dominierte.

Pauls Banknachbar befand sich in ähnlicher Lage wie er. Johann Schulz war ebenfalls der Sohn eines Webers, dessen Familie mit neun Kindern reich gesegnet war. Allerdings waren seine zwei ältesten Brüder und eine Schwester schon aus dem Haus und hatten eigene Familien gegründet. Johann war wie Paul der Jüngste in der Geschwisterreihe und als Nachkömmling etwas schwächlich geraten. Nie war eigens für ihn ein Kleidungsstück besorgt oder von der Mutter genäht worden. Er hatte die Kleidung seiner Brüder aufzutragen, die häufig mehrfach gewendet und geflickt, aber immer sauber war. Oft geschah es, dass er ohne Pausenbrot in die Schule kam. Dann teilte Paul mit ihm das, was ihm die Mutter eingepackt hatte.
Auch Johann musste zu Hause jeden Tag nach der Schule in Garten, Feld und Haushalt mithelfen, damit die Großfamilie ihr Auskommen hatte.

Zum Glück blieb er aufgrund dessen, dass er der Jüngste war, von den schweren Arbeiten, wie Holzhacken oder Wasser von der Pumpe holen, verschont. Aber selbst die vielen leichteren Arbeiten, die ihm täglich zugedacht waren, verlangten von ihm oft seine letzten Kräfte. Erst am späten Abend konnte er sich seinen Schulaufgaben widmen. Wenn er etwas nicht konnte oder verstand, war Paul seine letzte Rettung. Er wusste, dass er auch noch spätabends zu ihm kommen durfte.

Eines Tages im Herbst zog Johanns Familie mit drei großen Handkarren auf den Futterrübenacker zur Ernte. Die Rüben mussten von Hand und mit Hilfe einer Grabegabel aus der Erde gezogen werden. Für einen Teil davon wurde eine Erdmiete angelegt. Die Eltern vermuteten, dass es bald den ersten Frost geben würde. Eile war geboten. Aber es war einfach nicht vor dem Einbrechen der Dunkelheit zu schaffen. Deshalb steckte Johanns Vater einige Pechfackeln in die Erde und zündete sie an. Außerdem schichtete er ein kleines Feuer auf, damit die Arbeiten noch zum Abschluss kommen konnten.

Johann spürte am Abend nach der ungewohnten Arbeit Schmerzen im Rücken und in seinen Armen. Seine Hände waren grün und rau vom Saft der Rübenblätter und die Haut stellenweise eingerissen. Eine bleierne Müdigkeit überkam ihn. Trotzdem blieb ihm keine Wahl. Er saß in der Küche und beugte sich über seine Hausaufgaben. Die Mutter hatte im Herd etwas Feuer gemacht. Die Petroleumlampe verbreitete angenehm gedämpftes Licht. Es dauerte nur wenige Minuten und Johann schlief ein. Die Mutter zog das Heft vorsichtig unter Johanns Kopf hervor und steckte es in den abgewetzten, ledernen Ranzen.

Danach trug sie ihn auf seinen Strohsack, sorgsam darauf bedacht, ihn nicht aufzuwecken. Lediglich die Schuhe zog sie ihm aus, obwohl an seiner Kleidung die Spuren der Feldarbeit nicht zu übersehen waren. Am Morgen würde er sich ohnehin vor dem Schulgang andere Kleidung anziehen müssen.

Mit einem sehr unguten Gefühl im Magen trat Johann am nächsten Morgen den Schulweg an. Paul wollte ihm noch helfen, die Hausaufgabe zum Abschluss zu bringen, aber es war zu spät dafür. Schon betrat Lehrer Obermeier die Klasse.

„Bitte, bitte, bitte, lass ihn heute die Kontrolle vergessen oder ihn übersehen, dass ich nur die Hälfte habe!", betete Johann in Gedanken. Aber es entging dem Lehrer nicht. Er begann seinen Unterricht immer mit der Kontrolle der häuslichen Arbeiten. Nie vergaß oder übersah er etwas.

Schon wurde Johann nach vorn zitiert, nachdem der Lehrer ihn vor allen bloßstellte, ihn der Faulheit bezichtigte, die der Anfang von Müßiggang und Verderb sei. Die gerechte Strafe: Fünf Hiebe mit dem Rohrstock!

Johann schlich nach vorn mit gesenktem Kopf und kleinen Schritten, als hätte er Blei an den Füßen. Irgendwie hingen seine Arme an ihm herab, als gehörten sie ihm nicht oder als trüge er eine schwere Last auf seinen Schultern. Aus der knielangen, geflickten Hose schauten seine Beine hervor wie dünne Stelzen, die in übergroßen, ausgebeulten hohen Schuhen steckten. Ein Bild des Jammers. Die Klasse hielt den Atem an.

Schon beugte Johann den Oberkörper nach vorn und legte ihn auf die Prügelbank. Noch immer schmerzten ihm Hände und Arme sowie sein Rücken von der Feldarbeit des Vortages und nun dazu noch Prügel! Er verfluchte insgeheim den Moment, wo er über seinem Schulheft eingeschlafen war. „Warum war Mutter bloß nicht aufgefallen, dass meine Hausaufgaben nicht fertig waren?", dachte er vorwurfsvoll.

„Lieber Gott, steh mir bei und lass es schnell vorbei sein!", flehte er stumm in Erwartung der Hiebe.

Schon griff der Lehrer zum Rohrstock, der ihm Macht, Autorität und den bedingungslosen Gehorsam der Halbwüchsigen sicherte.

Die Wut kroch in Paul hoch, das mit ansehen zu müssen. Wie von einer unsichtbaren Kraft getrieben, schnellte er nach vorn und stellte sich zwischen Prügelbank und Lehrer. Mit fester Stimme sagte er: „Sie werden Johann nicht schlagen!" Er schaute dem Lehrer dabei ins Gesicht. „Schlagen Sie stattdessen mich, wenn Sie unbedingt schlagen müssen!"

Totenstille in der Klasse. Ungeheuerlich, noch nie dagewesen! Ein Schüler stellte das Tun des Lehrers in Frage und wollte für seinen Freund die Prügel empfangen.

Dem Lehrer schwollen die Zornesadern an seiner Stirn und er sagte:

„Ihr bekommt jetzt beide eure verdiente Strafe! Johann für die fehlende Hausaufgabe und du für deine Rebellion! Paul, ich wundere mich sehr über deinen Ungehorsam." Der Klasse zugewandt fügte er zornig und überlaut hinzu: „Wo kommen wir denn hin, wenn die Schüler dem Lehrer vorschreiben wollen, was er tun soll!"

Schon schritt er mit dem Rohrstock auf die Prügelbank zu, auf der immer noch Johann kauerte.

Plötzlich entriss Paul dem Lehrer den Rohrstock und stellte sich drohend vor ihm auf: „Ich möchte Ihnen nur einen einzigen Schlag versetzen, damit Sie spüren, wie weh es tut."
Paul war über das eigene Tun erschrocken. Es war ihm, als würde sein zweites Ich aus ihm herausgefahren sein, für ihn sprechen und agieren. Er stand quasi neben sich selbst. Etwas in ihm hatte sich verselbständigt, losgelöst, war nicht mehr gesteuert vom eigenen Verstand oder Willen. Selbst seine Stimme kam ihm ungewöhnlich seltsam und fremd vor, als er den Stock gegen den Lehrer erhob.
Obermeier wich entsetzt ein paar Schritte zurück. Fassungslos. Wortlos. Eilig verließ er den Raum und schlug die Tür hinter sich zu.

Jeder ahnte, was jetzt folgen würde: Sicher würde er Verstärkung holen und mit dem Rektor zurückkommen. Johann bekam noch mehr Angst als er ohnehin schon hatte: „Paul, warum hast du das getan?" – „Ach Johann, lass es gut sein! Geh auf deinen Platz zurück!" Und zur Klasse: „Setzt euch ordentlich hin und verhaltet euch still!" Alle machten, was er sagte. Paul legte den Rohrstock auf das Lehrerpult und ging ebenfalls zu seinem Platz zurück. Die Erregung stand allen in den Gesichtern geschrieben. Niemand sprach ein Wort. Totenstille. Es erschien ihnen eine Ewigkeit, bis sich endlich die Tür zum Klassenraum öffnete und wie schon vermutet, betraten Lehrer und Rektor gemeinsam mit gewichtigen, ernsten Gesichtern den Klassenraum.

Der Rektor musterte schweigend einen Schüler nach dem anderen. Er ließ sich wahnsinnig lange Zeit dafür, bis er seine Augen schließlich auf Paul und Johann richtete.

Er durchbohrte sie fast mit seinen Blicken und kostete die Wirkung seines Auftritts aus.

Spannung knisterte über den Köpfen der Schüler. Aber das große erwartete Donnerwetter folgte nicht. Auch die von Obermeier ausgesprochene Prügelstrafe wurde nicht nachträglich verabreicht.

Unmissverständlich und mit Nachdruck machte der Rektor klar, dass bei derartiger Wiederholung von Pflichtverletzung, Disziplinlosigkeit, Ungehorsam und aufrührerischer Revolte gegen den Lehrer und die Schulordnung jeder zukünftig mit dem Verweis von der Schule rechnen müsse. Und selbstverständlich werde er die Eltern von Paul und Johann über deren Regelverstöße und diesen Vorfall unterrichten.

Innerlich triumphierte Paul: „Keine Schläge für Johann, keine Schläge auf mein Hinterteil!" Sein zweites Ich kehrte in sein Inneres zurück und er hoffte: „Mit Vater und Mutter werde ich schon klarkommen."

Dieses Ereignis beschäftigte die Gemüter noch eine Weile und ging wie ein Lauffeuer im Ort herum. In dieser Kleinstadt kannte jeder jeden. Ja, man konnte auch sagen: Diese kleine Stadt war weiter nichts als ein großes Dorf. Besonders die Frauen tauschten sich darüber aus, egal, wo sie sich zufällig trafen, ob beim Metzger, Bäcker, Schuster, beim Mangeln der Wäsche oder auf der Bleiche.

Schon immer hatte es die meisten gestört, dass ihre Kinder oft für nichts und wieder nichts verprügelt wurden.

Aber hatten sie eine Wahl? Keiner traute sich, gegen den Lehrer Beschwerde einzulegen aus Angst, dass es ihr Kind dann doppelt auszubaden hätte.

Und Paul konnte es später selbst nicht mehr verstehen oder erklären, was in ihm vorgegangen war, dass er an jenem Tag so und nicht anders gehandelt hatte.

Sein Ansehen im Ort war durch sein beherztes Eintreten für seinen Freund gewachsen. Er merkte es, wenn er den Leuten begegnete. Er glaubte, ihre Gedanken lesen zu können, wenn sie ihn anlächelten.

Die Eltern waren zunächst etwas erschrocken, als sie erfuhren, was sich in der Schule zugetragen hatte. Sie sprachen mit Paul und ließen sich alles berichten. Am Ende klopfte der Vater Paul auf die Schulter und sagte: „Es ist nicht einfach, sich einfach einmal in einen anderen hineinzuversetzen, aber es ist einfach hin und wieder nötig."

Solche gewichtigen Sätze des Vaters waren typisch für ihn. Immer hatte er irgendwelche weisen Sprüche parat.

Die Mutter konnte das Geschehene kaum fassen und fragte Paul: „Woher nahmst du nur den Mut, dich gegen deinen Lehrer aufzulehnen?"

Auch der Pastor fand keine Worte des Tadels, riet aber dem Jungen, in Zukunft solche spektakulären Auftritte zu vermeiden.

Seit diesem Ereignis war es bis zur Schulentlassung der Achtklässler nicht mehr vorgekommen, dass Lehrer Obermeier den Rohrstock benutzte. Es lag fortan so etwas wie ein magischer Zauber auf diesem von den Schülern so gefürchteten Utensil.

Eine unerhörte Begebenheit

Auf dem Bahnsteig drängten sich die Reisenden. Sie warteten auf den Zug nach Berlin.

„Das wird eng", dachte ich, „sie werden nicht alle einen Sitzplatz bekommen."

Als der Zug einfuhr, wurde er förmlich gestürmt. Die Leute schoben und schubsten. Ich bewahrte die Ruhe, denn ich besaß zum Glück eine Platzkarte.

Es war schwierig, bis zu meinem gebuchten Platz vorzudringen. Die Gänge waren vollgestopft mit den vielen Menschen und ihrem Gepäck. Alle Notsitze waren heruntergeklappt und besetzt. Wenn im Gang jemand vorbei wollte, machten einige etwas Platz und wichen in die Abteile aus, deren Türen offen standen.

Endlich erreichte ich mein Abteil. Auf meinem Platz saß eine junge Frau. Sie stand bereitwillig auf, als ich ihr meine Platzkarte zeigte. Sie blieb im Abteil vor meinen Füßen stehen. Das war nicht gerade gemütlich oder bequem. Aber was sollte sie machen? Draußen im Gang war noch weniger Platz. Ehe ich meine Reisetasche im Gepäcknetz verstaute, holte ich meinen Schnellhefter heraus. Die vier Stunden Zugfahrt wollte ich gut nutzen. Ich befand mich auf Dienstreise und hatte am nächsten Tag an der Akademie der Pädagogischen Wissenschaften vor Doktoren und Professoren einen Vortrag zu halten über meine Erfahrungen bei der Nutzung neuer Unterrichtsmittel in der Praxis. „Nur keine Angst vor großen Tieren!", sagte ich mir. Aber natürlich wollte ich meine Sache gut machen und blätterte im

Schnellhefter, um mir meine Ausarbeitungen noch einmal anzusehen.

Ich merkte bald, dass ich mich nicht richtig konzentrieren konnte. Zum einen, weil links von mir ein Kind auf dem Fensterplatz saß, das mich ablenkte, zum anderen war es sehr warm und stickig im Abteil. Eine Klimaanlage gab es nicht. Obwohl das obere Kippfenster geöffnet war, stand die Luft still. Ich legte den Schnellhefter zurück in meine Tasche.

Der Junge neben mir schien sich zu langweilen. Er klopfte unablässig mit einer leeren Plastikflasche auf die Ablage vor dem Zugfenster. Ich schätzte sein Alter auf sechs Jahre. Seine Mutter war sicher jene Frau, die für mich den Platz räumen musste und nun mitten im Abteil stand. Sie hätte sich doch auf den Fensterplatz setzen und das Kind auf den Schoß nehmen können. Draußen gab es viel zu sehen. Man hätte das Interesse des Kindes an den ständig wechselnden Bildern wecken und sich mit ihm unterhalten können. Die Mutter kümmerte sich nicht um den Jungen. Sie bot ihm nichts zur Beschäftigung an, vielleicht ein Buch oder ein kleines Spielzeug. Nichts!

Plötzlich begann das Kind, mit den Beinen zu wippen. Füße und Unterschenkel schnellten nach oben. Ein pausenloses Auf und Ab. Dabei trafen seine Schuhe jedes Mal die Knie einer alten Dame, die ihm gegenüber saß. Sie sagte eine Weile nichts, aber schließlich wurde ihr dieses Spiel zu bunt.

„Lass das!", bat sie den Jungen. Von ihren Worten unbeeindruckt, hörte dieser nicht auf zu treten.

Ärgerlich fügte sie hinzu: „Du tust mir weh!" Das schien ihr Gegenüber ebenfalls zu überhören.

„Jetzt reicht es aber! Hör bitte auf damit! Es ist genug!", sagte sie mit Nachdruck und keineswegs freundlich. Aber der Junge ließ nicht ab von seinem Tun.

„Hast du keine Ohren?", fragte ich ihn barsch und stupste ihn von der Seite her an. Er reagierte nicht auf meine Worte. Auf den Gesichtern der Mitreisenden machten sich Empörung und Unzufriedenheit breit.

„Sind Sie die Mutter des Kindes?", fragte ich die junge Frau, die vor mir stand.

„Ja", war ihre knappe Antwort.

„Wollen Sie nicht endlich einschreiten, damit ihr Junge aufhört, die Frau zu belästigen und ihr weh zu tun?", wandte ich mich an sie.

Sie überlegte nicht lange und antwortete: „ Mein Junge darf immer das tun, was er möchte. Er soll seine Erfahrungen im Leben selbst sammeln und nicht von mir bevormundet und gegängelt werden!"

„Na prima", dachte ich, „wo gibt es denn so etwas!" Am liebsten hätte ich dem Jungen eine Ohrfeige gegeben, aber das war sicher nicht angebracht, um den Konflikt zu lösen. Und außerdem – ich als Pädagogin, das ginge doch gar nicht! Aber ich fühlte mich hilflos und grübelte, wie dieser unerträgliche Zustand zu beenden sei, währenddessen der Junge fröhlich weiterhin mit den Füßen wippte.

Ein junger Mann, der neben der Mutter im Abteilgang stand, nahm plötzlich seinen Kaugummi aus dem Mund.

Diesen drückte er mit dem Daumen fest auf der Stirn der Mutter breit. Dabei sagte er: „Entschuldigen Sie bitte! Ich wurde auch antiautoritär erzogen."

Die Mutter errötete. Es war ihr sichtlich unangenehm, auf diese Art vor den anderen bloßgestellt zu werden. Hastig entfernte sie den klebrigen Kaugummi von ihrer Stirn, zerrte ihr Kind unwirsch vom Platz, verließ mit ihm das Abteil und bahnte sich einen Weg durch die anderen Reisenden im Gang.

Spontan klatschte die alte Dame in die Hände und spendete dem jungen Mann Applaus. Die anderen Reisenden im Abteil fielen in den Beifall ein.

Erleichtert vom Ausgang dieses Vorfalls lächelte ich den jungen Mann an: „Kommen Sie, setzen Sie sich ans Fenster! Sie haben sich den Sitzplatz redlich verdient."

Ein offenes Fenster

Es muss in meinem vierten Lebensjahr gewesen sein, bevor der Zweite Weltkrieg zu Ende ging. Ich erinnere mich und sehe die Bilder so klar vor Augen, als wäre es gestern gewesen…

Mutter weckte mich. Sie brauchte nichts zu sagen, ich hörte es. Fliegeralarm. Jeder in unserem Dreifamilienhaus wusste, was nun zu tun war und jeder tat es schnell.

Ich nahm mein Kopfkissen unter den Arm und sprang im Nachthemd die Steinstufen zum Keller hinab. In einem der drei Kellerräume befanden sich die Kohlevorräte, im anderen das eingeweckte Schweine- und Kaninchenfleisch sowie viele Gläser mit Obst und Gemüse. Alles übersichtlich sortiert in Regalen, die bis hoch an die Kellerdecke reichten und in denen auch Platz für die Winteräpfel war. In der Ecke ein Verschlag mit Saatkartoffeln und einer mit Speisekartoffeln, ein Fass mit eingelegten Gurken und eines mit Sauerkraut. Den dritten Kellerraum hatten die Großmutter, meine Mutter und Tante Wally speziell für unseren Aufenthalt bei Fliegeralarm eingerichtet, mit Schlafplätzen für uns Kinder, mit dem Notkoffer und einem Trinkwasservorrat, der täglich erneuert wurde. Das kleine Kellerfenster war mit schwarzem Tuch verhangen. Meine um ein Jahr ältere Schwester machte es sich auf ihrer Lagerstatt bequem.

Anstelle des vierten Beines gaben ein paar Ziegelsteine dem alten, abgewetzten Kanapee Stand. Mein „Bett" war die große Zinkbadewanne, die Großmutter mit Heu ausgelegt hatte. Hier fühlte ich mich sehr wohl, viel wohler als in dem weißen Metallbett oben in der Wohnung, das ich mir mit meiner Schwester teilen musste. Ständig machten wir uns den Platz streitig. Lagen wir nebeneinander, zog die eine der anderen die Decke weg. Lagen wir entgegengesetzt an Kopf- und Fußende, blieben die Tritte nicht aus. So freute ich mich jedes Mal, wenn ich im Keller in der Wanne schlafen durfte.

Die kleinen Scheißerchen, so nannten alle liebevoll meine am letzten Heiligabend geborenen Zwillingsschwestern Mia und Mimi, wurden in ein Gitterbett gelegt. Dieses stammte von der Nachbarin, die es uns geliehen hatte. Die Babys wurden beim Wechsel von der Wohnung in den Keller meist gar nicht wach. Darüber war ich sehr froh, denn ihr Geschrei war nur schwer zu ertragen. Wenn eine der beiden schrie, fiel die andere sofort stimmgewaltig mit ein.

Da waren noch die beiden Cousins. Meine Tante hatte ihre liebe Not mit ihnen, weil sie tagsüber immerfort etwas anstellten, das den Unmut der Erwachsenen hervorrief.

Bei nächtlichem Fliegeralarm waren sie sofort putzmunter. Sie hatten meist keine Lust, ihren Schlaf fortzusetzen. Aufrecht saßen sie auf ihrem Strohsack in dem breiten, hölzernen Waschbottich, schwenkten ihre Arme hin und her, klatschten in die Hände und sangen:

„Heidewitzka, Herr Kapitän,
im müllemer Bötche fahren wolln wir gehn.
Man kann so schön im Dunkeln schunkeln,
wenn über uns die Sterne funkeln ...“

„Schau dir doch bloß die Jungen an!“, sagte meine Mutter
leise zur Großmutter. „Wir sterben fast vor Angst und die
Kinder haben solchen Spaß!“
Die Großmutter antwortete ebenso leise: „Sei doch froh,
dass sie so vergnügt sind und den Ernst der Lage nicht begreifen. Es reicht doch, was wir durchmachen.“

Die Jungen wurden ermahnt und mussten sich hinlegen. Die
Tante legte den Finger auf den Mund: „Pst! Kein Wort
mehr! Weckt bloß nicht die Scheißerchen auf!“
Die drei Frauen saßen eng auf dem klobigen Gestell für den
Waschstotz beisammen und flüsterten miteinander.
„Die dicke Sandern sagte mir gestern, dass es nicht mehr
lange dauern wird.“
„Woher will sie das wissen? Die soll lieber ihren Mund hal-
ten und zufrieden sein. Ihr Mann ist schon über ein Jahr zu
Hause.“
„Ich möchte trotzdem nicht mit ihr tauschen und einen
Mann mit Holzbein haben.“
„Hauptsache, unsere Männer kommen überhaupt wieder
nach Hause.“

„Ich fürchte mich jeden Tag vor dem Augenblick, wenn der Briefträger unten um die Ecke biegt."

Nicht selten geschah es, dass der Briefträger Frauen die traurige Nachricht überbringen musste, dass der Liebste nicht mehr nach Hause kommt. Das sprach sich sofort im Dorf wie ein Lauffeuer herum. Selbst wir Kinder bekamen es mit.

Das herannahende Bombengeschwader ließ die Frauen verstummen. Ich blinzelte zu ihnen hinüber. Trotz des schummrigen Lichts, das die Deckenlampe verbreitete, fiel mir zum ersten Mal auf, dass sie sich an den Händen hielten und ich sah die Angst in ihren Augen. Die Flugzeuge flogen über uns hinweg. Kurze Zeit danach gaben die Sirenen Entwarnung. Ich stellte mich schlafend.

„Weckt sie nicht auf!", sagte meine Mutter. Während die anderen nach oben gingen, blieb ich glücklich in meiner geliebten Zinkbadewanne zurück.

Am Morgen erwachte ich durch das rhythmische, gleichförmige Getrampel auf dem Fußweg, das sich unserem Haus näherte. Ich schob das Waschstotzgestell an die Wand und kletterte hinauf, um hinauszusehen. Aber ich war zu klein und erreichte das Kellerfenster nicht.

Es lag etwas Geheimnisvolles, Unbekanntes, fast Gespenstisches über diesem allmorgendlichen Ereignis. Zudem war es meist noch dunkel, wenn das Lagertor geöffnet wurde.

Der schier endlose Zug führte direkt an unserem Haus vorbei. Sooft ich mich auch an meine Mutter wandte, weil mich so viele Fragen bewegten und ich mehr über diese Frauen wissen wollte, meist bekam ich nur die gleichen Antworten: „Das verstehst du noch nicht!" oder „Ich weiß es nicht." Und manchmal auch: „Es ist besser für dich, wenn du es nicht weißt."

Meistens aber schickte sie mich weg: „Ich habe jetzt keine Zeit für dich, das siehst du doch."

Das machte mich traurig. Sicher hatte mich meine Mutter nicht so lieb wie meine ältere Schwester und die Zwillinge. Wenn wir anderen Leuten begegneten, bekam sie immer lobende Worte zu hören. Sie fragten, wie sie das denn allein schaffe mit den vier Kindern. Sie sagten auch, wie hübsch meine ältere Schwester sei. Sie warfen einen staunenden Blick in den Zwillingswagen: „Ach, wie niedlich!"

Einmal meinte eine Frau mit dem Blick auf mich: „Das Pummelchen ist etwas aus der Art geschlagen."

Dann erzählte ihr meine Mutter, wie sie es auch schon anderen erzählt hatte, dass ich eigentlich kein Mädchen, sondern ein Junge werden sollte. Ich sah betreten zu Boden und schämte mich, als würde ein Makel an mir kleben. Insgeheim nahm ich mir vor, größer als ein Junge, stärker als ein Junge, mutiger und klüger als jeder Junge zu werden. Und ich zweifelte keinen Augenblick daran, dass mir das gelingen würde.

Ich ärgerte mich, weil mir meine Mutter nie erlaubte, eines der Babys auf den Arm zu nehmen oder zu füttern. Ich war neidisch auf meine ältere Schwester, die das durfte. Ja, sie war sogar unentbehrlich und ging meiner Mutter den ganzen Tag über geschickt zur Hand, wenn sie Nahrung für Mia und Mimi zubereitete oder wenn die zwei gebadet, gewindelt, gefüttert und ausgefahren wurden. Ich fand mich damit ab, dass für mich keine Zeit übrig blieb. So hielt ich mich lieber an Tante Wally oder an die Großmutter. Aber auch die Tante gab mir nur ausweichende Antworten, wenn ich sie nach den Frauen im Lager befragte. Sie schärfte mir eindringlich ein, dass ich mich dem Lager nicht nähern oder aus dem Fenster sehen dürfe, wenn der Trupp vorüberzog.

Ich erinnere mich, dass meine Cousins einmal von einem Wachmann aufgegriffen und meiner erschrockenen Tante übergeben wurden, nachdem sie unter dem eisernen Tor hindurchgekrochen waren, um das Lager zu erkunden. Hatten sie doch nicht geglaubt, dass das Tor streng bewacht wurde.

„Passen sie besser auf ihre Kinder auf! Das nächste Mal geht es nicht so glimpflich ab!", sagte der Wachmann und ging zurück ins Lager.

Das Lager schloss sich unmittelbar an das letzte Grundstück unserer Straße an und war von einem hohen Stacheldrahtzaun umgeben. Hinter ihm standen ein großes festes Gebäude und einige flache Baracken.

Die Jungen bekamen wegen ihres unerlaubten Ausflugs den Hosenboden versohlt, aber das machte ihnen nicht viel aus, denn die Tante schlug nicht wirklich fest zu. Viel schlimmer war die andere Strafe: Sie mussten am helllichten Tag ins Bett. Die Fensterläden wurden geschlossen. Die beiden lagen im Dunkeln und durften keinen Mucks von sich geben.

Die Straße, in der wir wohnten, lag am Ende des Dorfes und ging leicht einen Hügel hinan. Sie war nicht befestigt. Wenn es geregnet hatte, spielten wir mit Vorliebe in den schlammigen Pfützen und formten aus der Pampe alle möglichen Figuren. Im Winter war die Straße unsere Rodelbahn.

Ab dem Frühjahr ernährte die große Wiese vorm Haus mit ihren saftigen Kräutern und fettem Löwenzahn unsere Kaninchen. Mit Spankorb und Schnitzmesser ausgestattet, mussten wir Kinder das Futter heranschaffen.

Die Wiese diente auch als Bleiche für die Weißwäsche. Wenn die Sonne schien, wurde die Wäsche auf dem Rasen ausgebreitet. Wir durften sie ab und zu begießen. Erstaunlich, was die Sonne zu leisten vermochte. Selbst die nach dem Waschen noch fleckigen Windeln meiner Zwillingsschwestern wurden wieder schneeweiß. Vor allem aber war die Wiese für uns der beste Spielplatz. Bei schönem Wetter fanden sich hier die Nachbarskinder ein mit Decken, ihren Puppen und anderen Spielsachen.

Eine zwei Meter hohe Mauer umgab unser Grundstück. Dahinter lagen das dreistöckige Wohnhaus, zwei voneinander getrennte Höfe und das Stallgebäude für Ziege und Schwein mit der Futterküche, dem Waschhaus, dem Plumpsklo und dem Heuboden unterm Dach. Hinter den Ställen befanden sich der Misthaufen und die Jauchegrube. Damit keines von uns Kindern hineinfiel, deckte man sie mit dicken Holzbohlen ab.

Ein geräumiger offener Schuppen bot ausreichend Platz für Handwagen, Leitern und Arbeitsgeräte. Extra Ställe gab es für Hühner, Kaninchen und Gänse. Durch eine quietschende Tür gelangte man in den Nutzgarten mit zahlreichen Obstbäumen und Gemüsebeeten.

Wenn mich Großmutter lobte, war ich glücklich. Ich versuchte den ganzen Tag über, mich nützlich zu machen. Sie sagte nie, dass ich für eine Arbeit zu klein sei und sie brachte mir eine Menge bei.

So ging ich täglich mit den eben gewaschenen Windeln meiner kleinen Schwestern zum Bach, um sie zu schellen. Das heißt, ich musste sie so lange hin und her durchs Wasser ziehen, bis kein Schaum von Kernseife mehr zu sehen war. Dabei fror ich, denn das Wasser, in dem ich herumpantschte, war sehr kalt.

Wenn ich zurückkam, nahm Großmutter meine Hände in die ihren und blies ihren warmen Atem hinein.

Statt zum Bach zu gehen, sah ich viel lieber nach den Hühnernestern und brachte die Eier zur Küche oder ging zur Pumpe, um Wasser nach Hause zu schleppen. Leider konnte ich noch nicht die großen Wassereimer tragen, aber Großmutter gab mir die blechernen Henkelkannen mit Deckel, in denen auch die Kesselsuppe für die Nachbarn ausgetragen wurde, wenn Schlachttag war. Die Pumpe war die einzige Trinkwasserstelle für die Bewohner zweier Straßen. Schnell war ich dort und hängte mich an den Pumpenschwengel, aber der Rückweg mit den vollen Bräuten brauchte seine Zeit. Meine Arme wurden immer länger. Ich hörte erst mit dem Schleppen auf, wenn zu Hause alle weißen Wassergefäße auf der Eimerbank voll gefüllt waren. Diese Arbeit lag mehrmals am Tag an. Wir brauchten eine Menge Wasser, obwohl mit jedem Tropfen gespart wurde.

Trotz all der Arbeiten, zu denen wir angehalten wurden, blieb uns ausreichend Zeit zum Spielen. Dann waren wir uns selbst überlassen. Herrlich! Niemand sah nach uns. Wir Kinder kannten uns in allen Ecken und Winkeln aus, krochen und kletterten überall herum, versteckten uns, hatten viel Spaß und kannten keine Langeweile. Wenn uns die Erwachsenen riefen, mussten wir sofort erscheinen.

Jetzt war ich allein im Keller und hörte die Frauen aus dem Lager kommen. Sie redeten nicht, sie sangen nicht, sie trampelten auf das Pflaster. Tapp, tapp, tapp – im Gleichschritt. Schnell schlich ich zum Hoftor.

Ich strengte mich an, den Riegel zurückzuschieben und drückte mich draußen in eine Ecke der Toreinfahrt. Auf dem schmalen Fußweg gingen die Frauen ganz dicht an den Häuserwänden entlang. Viele von ihnen trugen einfache Holzpantinen und bei jedem Schritt auf das Pflaster verursachten sie dieses hallende, laute Geräusch. Tapp, tapp, tapp! Wachmänner begleiteten den Zug mit einigem Abstand zu den Frauen. Sie liefen auf der Straße nebenher. Auf ihren Rücken trugen sie Gewehre.

Die Frauen sahen komisch aus. Irgendwie alle gleich und mir sehr fremd. Sie trugen wadenlange, dicke Röcke. Vom selben Stoff schienen ihre Kopflappen zu sein. Das dunkle Grau ihrer Kleidung schien auf ihre Haut abgefärbt zu haben. Ihre Augen blickten traurig und teilnahmslos geradeaus. Kein Glanz war darin und in keinem Gesicht sah ich ein Lächeln.

Keiner der Wachmänner bemerkte mich und auch keine der Frauen. Niemandem erzählte ich davon, hatte ich doch etwas getan, was mir streng verboten worden war.

Aber warum sollten diese Frauen für kleine Kinder gefährlich sein? Das wollte ich nicht glauben. Irgendetwas stimmte hier nicht.

Die einzige, die sich immer Zeit für mich nahm, obwohl sie gar keine Zeit hatte, war Großmutter. Geduldig lehrte sie mich viele Dinge und beantwortete meine Fragen.

„Wohin gehen die Frauen jeden Morgen?"

„Sie müssen in der Fabrik arbeiten."

„In der Spinnerei?"

„Nein."

„Was arbeiten sie dann?"

„Sie müssen Munition herstellen."

„Für Opa und Papa und Onkel Hans?"

„Ja."

„Warum habe ich die Frauen noch nie gehört, wenn sie von der Arbeit zurückkommen?"

„Dann schläfst du doch schon."

„Sind die Frauen auch Muttis?"

„Ja."

„Wo sind denn ihre Kinder?"

„Zu Hause bei sich."

„Etwa allein?"

„Es wird sich schon jemand um sie kümmern."

„Wer denn?"

„Warum sind die Frauen im Lager?"

„Wohnen sie weit weg?"

„Dürfen sie ihre Kinder mal besuchen?"

„Sind das böse Frauen oder gute Frauen?"

Ich merkte, dass es meiner Großmutter immer unangenehmer wurde, weil ich so viele Fragen stellte. So hörte ich für eine Weile auf zu fragen.

„Du hast doch nicht etwa aus dem Fenster gesehen?", wollte Großmutter wissen. Ich sagte die Wahrheit: „Nein."

Nach einer Weile fügte sie hinzu: „Ich glaube, die Frauen sind nicht böse. Sprich mit niemandem darüber! Es ist zu gefährlich! Frag immer nur mich, wenn du Fragen hast! Versprich es mir!"

Ich versprach es. Sie strich mir übers Haar: „Du bist ein sehr kluges und liebes Mädchen."

Mit Vorliebe hielt ich mich dort auf, wo sich Frauen unterhielten. Etwas abseits saß ich am Boden und tat so, als sei ich in mein Spiel vertieft. In Wirklichkeit aber entging mir kein Wort, das die Erwachsenen sprachen, auch wenn ich einiges nicht verstand.

Die drei Frauen in unserem Haus standen morgens immer sehr früh auf. Die Großmutter wohnte im Erdgeschoss und wir in der ersten Etage. Die kleinste Wohnung unterm Dach gehörte Tante Wally und meinen Cousins.

Meine Mutter und meine ältere Schwester hatten alle Hände voll mit den Zwillingen zu tun. Ich wusste auch, dass meine Tante nicht aus ihrer Wohnung ging, solange meine Cousins noch schliefen. Abends kamen sie lange nicht zur Ruhe und morgens nicht aus ihrem Bett.

Meine Oma war in der Futterküche und in den Ställen beschäftigt, bis alle Tiere versorgt waren.

Für mich interessierte sich zu dieser frühen Stunde wirklich niemand.

„Ich muss mal", sagte ich zu meiner Mutter und ging nach unten, noch mit dem Nachthemd bekleidet. Die nackten Füße steckten in hohen Schuhen, die nicht zugebunden waren. Aber ich fror trotz der Morgenkühle nicht. Mich zog es mit magischer Kraft wieder vor das Haus. Ich drückte mich in mein Eckchen und wartete auf den Zug der Frauen. Plötzlich bemerkte mich eine der Frauen. Sie sah mich an und mir war, als lächelten für einen kurzen Moment ihre Augen. Schon war sie vorbei.

Ich schien mich nicht getäuscht zu haben, denn an den Folgetagen fiel mir das auch bei anderen Frauen auf. Immer mehr Frauen schienen mich zu sehen. War ich vielleicht der Grund dafür, dass sie lächelten? Oder lächelten sie, weil ich im Nachthemd auf der Straße stand? Niemand konnte ich danach befragen. Wenn die Luft rein war, ging ich jeden Morgen vor das Tor. Es dauerte nie sehr lange, dann waren die Frauen vorüber. Es war für mich immer sehr aufregend und spannend. Ich hörte mein Herz klopfen, wenn die Frauen das Lagertor passierten und näher kamen. Und ich war glücklich, wenn ich sie einen kurzen Augenblick lächeln sah.

Aber etwas anderes machte mir echt zu schaffen und gab mir Rätsel auf, sah ich doch einmal, dass eine der Frauen blitzschnell im Vorübergehen in das geöffnete Schlafzimmerfenster meiner Oma griff und ihre Hand ebenso schnell wieder draußen war. Später schlich ich ins Schlafzimmer und untersuchte innen die Fensterbank. Aber da war nichts, rein gar nichts. Was sollte dort auch sein! Sicher hatte ich mich getäuscht, doch ließ mir diese Beobachtung keine Ruhe. Bei nächster Gelegenheit passte ich genau auf. Da sah ich wieder diesen blitzschnellen Griff einer Frau ins Fenster. Was hatte das zu bedeuten?

Bald fand ich es heraus. Ich musste nicht befürchten, entdeckt zu werden, denn meine Oma war ja im Stall oder in der Futterküche. Aber ich musste trotzdem sehr leise sein, damit meine Mutter nicht hörte, dass ich statt zur Toilette in Großmutters Wohnung ging, geraume Zeit bevor sich der Zug der Frauen unserem Haus näherte. Ich wollte ganz aus der Nähe sehen, ob wieder eine Hand in das Fenster greift.

Als ich mich auf die alte, hölzerne Fußbank stellte, entdeckte ich etwas auf der Fensterbank, eingewickelt in Zeitungspapier. Meine Neugier war übermächtig. Ich konnte nicht widerstehen und wickelte vorsichtig das Päckchen aus. Darin lagen ein paar Scheiben Brot, ein kleines Stück Speck und ein Zipfel Knackwurst. Bekamen die Frauen im Lager etwa nicht genug zu essen?

Mir stieg das Blut zu Kopf und vor Aufregung wurde mir ganz warm. Großmutter hatte ein Geheimnis und ich war dahintergekommen.

Schnell wickelte ich alles wieder ins Papier und wartete. Tapp, tapp, tapp! Die Frauen zogen vorüber und eine Hand ergriff blitzschnell das Päckchen. Weg war es!

Warum ich nach dieser Entdeckung so fröhlich war, ich weiß es nicht. Den ganzen Tag ging mir das im Kopf herum. Irgendwie taten mir die Frauen leid, einfach aus dem Grunde, weil sie nicht bei ihren Kindern waren und das machte sie sicher so traurig.

Noch am gleichen Tag schnitt ich den unbedruckten Rand einer Zeitung ab und zerteilte diesen in kleine Vierecke, holte die alte Zigarrenkiste mit den Buntstiften aus dem Vertiko und bemalte die Papierschnipsel. Das konnte ich gut: eine Sonne, ein Vögelchen, eine Blume, ein Haus…

Ab und zu gelang es mir, eines dieser Bildchen mit ins Päckchen auf der Fensterbank zu schmuggeln. Niemand hat es je erfahren, wie ich auch nie jemandem davon erzählte, was es mit dieser Fensterbank auf sich hatte. Es sollte Großmutters Geheimnis bleiben. Bis heute ist es mir ein Rätsel, wie es ihr gelungen war, den Frauen beizubringen, dass sie hier täglich etwas Essbares finden.

Unmittelbar nach dem Krieg wurde das Lager geräumt. Eine Autokolonne fuhr die Straße hinauf und passierte das Lagertor. Großmutter nahm mich an die Hand und rief auch nach meiner Schwester und den Cousins. Wir gingen vors Haus. Sie gab jedem von uns ein großes Taschentuch und sagte: „Die Frauen fahren jetzt nach Hause zu ihren Kindern. Wenn ihr mit den Tüchern winkt, wissen sie, dass wir ihnen eine gute Reise wünschen."

Wir warteten eine Weile. Außer uns stand niemand auf dem Fußweg.

„Wo sind denn unsere Nachbarn? Will von denen keiner winken?", fragte ich.

„Die stehen wahrscheinlich alle an ihren Fenstern hinter den Gardinen."

Kurze Zeit darauf fuhren die Frauen ab. Die schweren Fahrzeuge setzten sich langsam in Bewegung. Dicht an dicht saßen die Frauen auf den offenen Lastwagen und sangen. Es klang wunderschön, aber ich verstand kein Wort.

„Sie singen Russisch", sagte Großmutter.

Als der erste Wagen der Kolonne näherkam, ging sie ein paar Schritte zur Straße und gab dem Fahrer ein Zeichen anzuhalten. Am Arm trug sie einen Weidenkorb, den sie mit Lebensmitteln gefüllt und mit einem weißen Leinentuch abgedeckt hatte.

Aber der Fahrer schien ihr Zeichen nicht zu verstehen. Er fuhr weiter. Und so geschah es auch bei jedem weiteren Fahrzeug. Nach einer Weile gab Großmutter ihr Bemühen auf und nahm mich wieder an die Hand. Wir winkten und winkten. Die Frauen winkten zurück.

Ohne dass Großmutter erneut ein Zeichen gegeben hätte, stoppte plötzlich das letzte Fahrzeug der Kolonne. Schnell lief Großmutter die paar Schritte zum Auto und reichte den Korb nach oben.

Eine Frau beugte sich über die Brüstung und gab ihr ein in Zeitungspapier gewickeltes Päckchen.

Dabei zeigte sie mit der Hand auf mich. Schon fuhr der Wagen weiter und bald war auch das Motorengeräusch verstummt.

Wir gingen ins Haus zurück. Großmutter legte das Päckchen auf den Küchentisch. Vorsichtig und langsam faltete sie die Zeitung auseinander. Ein flaches rundes Holzbrett mit Handgriff kam zum Vorschein. Auf dem Brett standen fünf kleine Hühner, handgeschnitzt aus Holz und nicht bemalt. Vor jedem Hühnchen ein kleines Loch im Brett, durch die fünf Fäden führten, die an den beweglichen Hälsen der Hühner befestigt waren und die unter dem Brett mit einer Kugel zusammengehalten wurden.

„Das ist für dich", sagte die Großmutter lächelnd. Ich war erfreut und erstaunt. Ein Geschenk für mich!

Einige Zeit versuchte ich vergeblich, die Hühner zum Fressen zu bringen. Schließlich gelang es mir. Ich schwenkte das Brett mit der Kugel im Kreis und die Hühner begannen wie wild zu picken. Dabei schlugen die hölzernen Schnäbel auf das Brett. Es hörte sich lustig an.

„Komm mal her!", sagte die Großmutter. „Du wirst schon bald fünf Jahre alt und merkst immer noch nicht, wenn dir die Nase läuft."

Ein rätselhaftes Geschenk

Die folgende Geschichte, so unwahrscheinlich sie auch klingen mag, hat sich tatsächlich so ereignet.

Meine Haut rebellierte. Sie entzündete sich, nässte, juckte und blutete. Als keine Medikamente und Salben mehr halfen, war es wieder so weit: Mein Hautarzt verordnete mir eine sechswöchige Heilkur in Heiligendamm an der Ostsee. Die Kurärzte beantragten meist noch eine Verlängerung, um den bestmöglichen Heilungserfolg zu garantieren. Dieser hielt meist vier bis sechs Jahre an, bis ich erneut an die See geschickt wurde.

Von allen Patienten im „Sanatorium der Werktätigen" hatten es diejenigen mit Hauterkrankungen am besten. Die Anzahl der Arzttermine, Visiten und Laboruntersuchungen hielt sich in Grenzen. Wir sollten uns so oft als möglich direkt am Ufersaum des Meeres entlang bewegen, den separaten FKK-Strand des Sanatoriums zweimal täglich nutzen und im salzigen Meerwasser baden. Im Zimmer hielt mich ohnehin nichts. Es war spartanisch eingerichtet mit älteren Möbeln: Bett, Schrank, Tisch und zwei Stühle, weiter nichts. Kein Fernseher, kein Radio oder sonst etwas. Ich vermisste nichts. Schnell fand ich heraus, dass zu meinem Glücklichsein kein Luxus erforderlich war. Natürlich gab es Klubräume, Fernsehraum, Bibliothek, den Sanitärbereich und andere Räumlichkeiten zur gemeinschaftlichen Nutzung. Lediglich der Speiseaal mit mehreren großen, feudalen Kronleuchtern und tadellos eingedeckten Tischen bot ein luxuriöses Ambiente.

Die Dampfeisenbahn „Molli" fuhr mehrmals täglich auf schmaler Spur mit nostalgischem Gebimmel von Kühlungsborn nach Bad Doberan und zurück. Ich zog es vor, diese Strecken zu laufen.

In Heiligendamm selbst gab es außer dem Bahnhof noch ein paar kleine Läden, die Poststelle, eine Kneipe und das Schwanencafè.

Ich hielt mich an die Empfehlungen der Ärzte und leistete meinen Beitrag zum Kurerfolg. Den Tag begann ich um 6.00 Uhr. Nur den Bademantel übergeworfen, lief ich die paar Schritte zum Strand hinunter, um ein ausgiebiges Morgenbad zu nehmen. Die zweite Septemberhälfte und der Oktober boten noch wunderschöne Sonnentage. Keinen Tag ließ ich aus, egal, wie das Wetter war. Gegen Ende der Kur, Anfang November, gab es bereits den ersten Frost. Es gehörte etwas Überwindung dazu, bei Außentemperaturen um 0° C nackt ins Meer zu steigen, aber hinterher kam die Belohnung: Ein wohliges Kribbeln und angenehme Wärme durchströmten den ganzen Körper. Nach der anschließenden Morgengymnastik fühlte ich mich frisch und war bereit, den Tag zu erobern. Um mich herum die intakte Natur und eine Küstenlandschaft, die alles bot, was sich Körper und Seele für die Erholung nur wünschen konnten. Hier so viele Wochen sein zu dürfen, ohne mir Sorgen um meine berufliche Tätigkeit oder um den Arbeitsplatz machen zu müssen, ohne irgendwelche Alltagspflichten zu haben und das alles kostenlos, empfand ich als großes Geschenk und war von Dankbarkeit erfüllt. Hellwach und mit allen Sinnen genoss ich diese Zeit.

Unbedingt wollte ich mein Gewicht um einige Kilos redu-
zieren. Ich war sehr enttäuscht, als ich nach der ersten Woche feststellte, dass ich trotz der vielen körperlichen Aktivi-
täten kein Gramm weniger auf den Rippen hatte. Deshalb
beschloss ich, mittags die Vorsuppe und den Nachtisch
wegzulassen und zweimal wöchentlich gänzlich auf das
Abendessen zu verzichten. Stattdessen wollte ich diese Zeit
zusätzlich zum Wandern nutzen.

Es stellte sich bald heraus, dass das eine sehr gute Idee war,
denn an den Abenden waren Strand und Uferpromenade
während der Essenzeit völlig menschenleer. Ich war mit mir
und dem Meer allein. Ein großartiges Gefühl! Niedrige
Strandrosen, die zur Befestigung der Böschungen dienten,
trugen noch vereinzelt Blüten. Ein intensiver, angenehmer
Duft entströmte ihnen. Ich pflückte einige der kugeligen
Hagebutten, entfernte die Kerne und aß das Fruchtfleisch.
Meine Abendmahlzeit ergänzte ich mit den schon reifen
Früchten des Sanddorns.

Der weite Blick bis zum Horizont, das unablässige Plätschern der Wellen, der fächelnde Wind, der Geruch von
Seetang, die vom Meerwasser benetzten bunten Steinchen,
der feine Sand – all diese Eindrücke bewirkten, dass ich
mich unbeschreiblich glücklich und leicht fühlte. So leicht,
dass ich das Bedürfnis hatte, das Kind in mir herauszulas-
sen. Hüpfend, springend, drehend, tanzend bewegte ich
mich vorwärts. Ich breitete die Arme aus und rief: „Ich danke dir, du liebes Meer!" Verstohlen schaute ich mich um.
Aber nein, ich war allein, keiner konnte mich sehen oder
hören. Spontan begann ich zu singen:

Zogen einst fünf wilde Schwäne,
Schwäne leuchtend weiß und schön.
Sing, sing, was geschah?
Keiner ward mehr gesehn, ja, ja.
Sing, sing, was geschah?
Keiner ward mehr gesehn …

Plötzlich vernahm ich hinter mir ein Geräusch, das ich noch nie gehört hatte: ein wuchtiges, summendes Rauschen. Es schwoll an und wurde immer lauter. Ich drehte mich um und unwillkürlich duckte ich mich. Wilde Schwäne im Tiefflug kamen auf mich zu. Schon waren sie über mir. Es waren so viele, dass es unmöglich war, sie auf die Schnelle zu zählen. Ihre rhythmisch schwingenden großen Flügel verursachten diese eigenartige, aber wohlklingende, kraftvolle Melodie. In rasantem Tempo entfernte sich der Zug dieser schneeweißen, beeindruckenden Vögel. Ich legte die Hände an meinen Mund wie ein Sprachrohr und rief ihnen nach:

„Werft mir ein Federlein herab,
damit ich eine Freude hab!"

Aber natürlich, wie sollten mich die Tiere verstehen? Es flog keine Feder herab. Schade! Als die Schwäne immer kleiner und kleiner werdend schon fast nicht mehr zu sehen waren, schrie ich ihnen hinterher: „Vielleicht nicht nur eine, bitte ein paar Federn mehr, für meine Schüler und Enkel als Mitbringsel. Vielleicht fünfundzwanzig!"

Noch einmal schaute ich mich um, ob mich auch niemand beobachtete. Doch weit und breit keine Menschenseele! Meine Worte verhallten im Wind.

Zu gern wollte ich jedem Kind ein kleines Souvenir von der Küste schenken. Etwas besonders Schönes aus der Natur sollte es sein. Bis zum Dunkelwerden verbrachte ich deshalb die Zeit damit, außergewöhnlich geformte und vom Meer geschliffene Steine zu suchen. Die schönsten steckte ich ein. Zurück im Sanatorium fragte mich einer der Tischnachbarn, ob ich wegen der entgangenen Mahlzeit keinen Hunger verspüren würde. „Nein", antwortete ich, „ich bekam viel mehr geboten, als es mir das beste Abendessen hätte bieten können."

So recht schien mir keiner zu glauben, dass gerade dann, als ich das Schwanenlied sang, die wilden Schwäne angeflogen kamen ...

Wie immer ging ich am nächsten Morgen um sechs Uhr ans Meer, um das Morgenbad zu nehmen. Ich glaubte meinen Augen nicht zu trauen. Träume ich oder bin ich wach? Ich kniff mich ins Bein. Nein, ich war wach! Was ich sah, war ein Wunder. Ein großes Wunder! Ein unfassbares Wunder! „Das gibt es doch gar nicht!", flüsterte ich. Der breite Strand, so weit ich in beide Richtungen sehen konnte, war dick belegt mit leuchtend weißen Schwanenfedern. Ungläubig bückte ich mich und hob ein paar auf. Ja, sie waren echt und wunderschön. Ich hätte nie gedacht, dass sie so groß und kräftig sind. Ein Geschenk der Schwäne für mich?

Nein, ganz ausgeschlossen! „Wunder gibt es nicht", dachte ich, „alles muss eine natürliche Ursache haben."

Aber woher kamen diese vielen Federn? War vielleicht ein Unglück geschehen? Hatte ein Wildtier einen Schwan gerissen? Aber dafür waren es zu viele Federn, sie konnten nicht nur von einem Schwan stammen. Nirgends fand sich das kleinste Anzeichen für ein Unglück oder Reste eines verendeten Tieres. Mir fiel auf, dass keine einzige Feder auf dem Wasser schwamm, alle lagen fein säuberlich auf dem trockenen Sand. Ich verzichtete auf mein Morgenbad und sammelte Federn ein. Zuerst die größten und schönsten, bis meine Arme keine einzige mehr fassen konnte. Auch die anderen Nacktbader, die nach und nach am Wasser erschienen, waren ebenso erstaunt wie ich. Keiner konnte sich dieses Phänomen erklären. Gleich nach dem Frühstück zog ich los, dieses Mal mit Rucksack und einer Tasche, um Federn aufzusammeln. Später besorgte ich mir riesengroße Kartons, die sich in meinem Zimmer stapelten. Ich presste in jedes Paket eine Unmenge Federn hinein, bis nichts mehr ging.
Die Kartons mit diesem Inhalt waren zum Glück nicht schwer. War ein Paket gefüllt, brachte ich es zur Post und schickte es zu mir nach Hause.

Was es mit dem kilometerlangen Federteppich am Strand auf sich hatte, konnten mir auch die Bewohner des Ortes nicht erklären. So etwas hatten sie noch nie erlebt. Dieses Rätsel ließ mich nicht mehr los. Woher kamen über Nacht all die schönen, reinweißen Federn? Ein schrecklicher Verdacht kam mir plötzlich in den Sinn. Die Vogelgrippe? Irgendwo in der Nähe ein Massensterben von Schwänen?

Nein, dann wüssten die Naturschützer oder die Behörden etwas davon. Dort, wo die Schwäne ihre Sammelplätze hatten, waren alle Tiere gesund. Drei Wochen lang war ich damit beschäftigt, meine Federpakete zu füllen. Anfangs bekam ich vom ständigen, ungewohnten Bücken einen kräftigen Muskelkater. Das machte mir nicht viel aus. Ich konnte doch das wundervolle Geschenk der Schwäne nicht einfach unbeachtet liegen lassen.

Was mich wunderte: Außer mir sammelte niemand Federn auf. Aber wenn ich mit meinen Federsträußen anderen begegnete, bekam ich einiges zu hören: „Sieh, da kommt die Schwanenkönigin!" oder „Wieder einen Schwan gerupft?" oder „Was wollen Sie mit den vielen Federn machen?" „Nun, da fällt mir sicher etwas Schönes ein", antwortete ich, „ein Strauß mit großen Schwanenfedern in einer weißen Porzellanvase, das ist bestimmt ein prächtiger, dekorativer Schmuck."

Gut erholt, sieben Kilo leichter und mit gesunder, glatter Haut fuhr ich nach acht Wochen zurück zu meiner Familie. Drei Tage später nahm ich die Arbeit wieder auf. Meine Enkel und Schüler freuten sich über die Naturgeschenke. Jeder Versuch, die Federn zu zählen, die ich aufgesammelt hatte, scheiterte, weil ich mich jedes Mal verzählte. Es waren tausende.

Die Federsträuße für meine Grundschüler reichten für zwei Schulklassen über acht Jahre lang.

Zum siebten Geburtstag bekam jedes Kind sieben Federn geschenkt, zum achten ein Sträußchen mit acht Federn und so weiter, dazu meist noch einen besonders schönen Stein oder einen „Hühnergott" als Amulett am Lederbändchen.

Darüber hinaus fertigten wir im Kunsterziehungsunterricht Federhauben nach indianischen Vorlagen an. Auch die kleinen Federn fanden Verwendung beim Herstellen von Arm- und Halsschmuck.

Eine Oma bat mich um Federn, weil sie mit ihrer Enkelin Flügel für ein Engelskostüm basteln wollte.

Interessant, was ich nach über zwanzig Jahren von einigen ehemaligen Schülern, die inzwischen zum Teil selbst Eltern waren, erfuhr. Manche besaßen die Federn immer noch. Einer hatte seine Federn auf dem Flohmarkt verhökert und so sein Taschengeld aufgebessert. Eine Mutti hatte mein Erlebnis mit ihren eigenen Ideen fantasievoll ausgeschmückt und musste ihren Kindern immer wieder die Gutenachtgeschichte vom „Geschenk der Schwäne" vor dem Einschlafen erzählen.

„So entstehen die schönsten Märchen", dachte ich. Aber meine Geschichte ist kein Märchen. Sie blieb mir jedoch bis heute ein einziges Rätsel.

Vor kurzem sah ich durch Zufall im Internet, dass jemand einen Warbonnet mit 36 großen Schwanenfedern für 49,95 Euro anbot. Als Warbonnet wird die von den nordamerikanischen Indianern am Kopf getragene Federhaube bezeichnet, die meist noch zusätzlich mit Fellen und Perlen verziert wird.

„Da ist mir doch glatt eine profitable Einnahmequelle entgangen", dachte ich belustigt.

***

Epilog

Im „Sanatorium der Werktätigen" von Heiligendamm fanden in jedem Jahr zehntausend Menschen mit Haut-, Herz- und Atemwegserkrankungen bei hervorragender ärztlicher Begleitung Linderung oder Heilung ihrer Beschwerden. Nach der Wende wurde das Sanatorium „abgewickelt". Fortan galten für die „Weiße Stadt am Meer" zwischen Kühlungsborn und Börgerende andere Gesetze. Das Kapital regierte und hunderte Millionen wurden in den Sand gesetzt. Immobilien, Grund und Boden wechselten die Besitzer. „Der kleine Mann" hatte dort nichts mehr verloren.

Omas neue Kinder

Oh, wie hasse ich den Tag des Kofferpackens. Dieses ewige Hin und Her vom Schrank zum Koffer, vom Koffer zum Schrank. Aber die Reise ist gebucht und nun muss ich fahren, ob ich will oder nicht.

Irgendwann sitze ich im Bus und schlafe hoffentlich schnell ein. Irgendwann werde ich ankommen, nach 10 Stunden vielleicht oder später, je nachdem …
Warum tue ich mir das an? Einfach, weil ich manchmal auf andere Leute höre. Da ist zum Beispiel meine HNO-Ärztin, dieses gemeine Aas, dieses junge Ding! Sie ließ mich jämmerlich leiden. Während meiner vierten Angina in einem der vorigen Winter, mir ging es wirklich echt dreckig, verschrieb sie mir keine Antibiotika mehr.
„Ihr Immunsystem steht auf Null! Sie müssen es jetzt allein schaffen und es wieder ankurbeln!"
Sie tat fast so, als wäre ich an der Krankheit schuld. Das regte mich schrecklich auf.
„Ja, wie denn ankurbeln, wie?" – „Fahren Sie zweimal im Jahr an die See, am besten im November und im Februar! Sie haben als Rentnerin alle Zeit der Welt. Also tun Sie was!"
Sie fragte mich nicht, ob mein Taschengeld dafür reichte …

Und alle Zeit der Welt haben, das war glatt gelogen. Was weiß sie schon, was ich am Hals habe außer einer Angina!

Wer sollte in dieser Zeit meine Enkel hüten, wenn die Mutter in Schichten arbeitet und der Vater täglich etliche Kilometer zur Arbeit fahren muss. Hoch lebe die hilfreiche Oma, sag ich da nur! Na gut, vielleicht kann man es organisieren, dass ich zweimal im Jahr für zwei oder drei Wochen als Oma entbehrlich bin … Und siehe da, es klappte.

Nach 12 Stunden Fahrt endlich am Ziel: Kolberg, polnische Ostseeküste. Nun schon zum dritten Mal und tatsächlich, seit ich das mache, keine Angina mehr, keine Grippe, kein Hüstchen und nicht das kleinste Schnüpflein. Ja, wenn man auf die 70 zugeht und einen die Zipperlein nicht vorzeitig aus der Welt schaffen sollen, dann muss man sich aufraffen, sich was gönnen, das Immunsystem ankurbeln. Schließlich hängt jeder an seinem kleinen bisschen Leben. Ich bin meiner HNO-Ärztin, dieser jungen, gescheiten Frau, unendlich dankbar, dass sie mich auf den Weg geschubst hat …

Erholung pur beim Kururlaub. Täglich zwei Kuranwendungen und ansonsten laufen, laufen, laufen, immer am Meer entlang. Gierig sauge ich die herrliche, kalte Luft ein, lasse den Blick ins Weite schweifen, fühle mich unendlich gut und unbeschwert. Kein Wölkchen am Himmel. An den Ufersäumen räkeln sich die Schwäne, ihre weißen Federkleider leuchten in der späten Novembersonne, die ihr Letztes hergibt. Abends sitze ich in der Hafenkneipe bei einem Glas Rotwein, kritzele Verse aufs Papier, will die Bilder des Tages festhalten, bevor ich ins Bett falle und in einen traumlosen Schlaf versinke.

Unbedingt will ich Tanja und Sergej wiedersehen. Ich suche sie an der Promenade vergeblich. Wen ich auch frage, keiner hat sie gesehen …

„Aber sie wissen doch, dass ich hier bin! Warum verstecken sie sich?", frage ich mich. „Warum finde ich sie nicht an den Plätzen, an denen sie sonst immer spielten?" Schon drei Tage lang schleppe ich die Geschenke für sie mit mir herum und nehme sie am Abend unverrichteter Dinge wieder mit ins Hotel …

Im Vorjahr lernte ich Tanja und Sergej kennen. Meinem schmerzenden Rücken eine Verschnaufpause gönnend, saß ich am belebten Strandboulevard in einem Straßencafè und schlürfte meinen heißen Tee. Ach wie schön, dass ich, warm eingemummt, hier noch im Freien sitzen konnte.

Ich sah, dass drei Meter weiter am Wegesrand ein junges Pärchen ein Keyboard aufbaute und schon begann ein Konzert allererster Güte. Sie spielte Klavier und er Geige. Ich trank noch einen Tee und einen dritten und konnte mich nicht von meinem Platz erheben. Ganz versunken lauschte ich diesen Melodien, die so meisterhaft dargeboten wurden.
Das war die Krönung des Tages! Das war für mich eine Sensation! Das Geigenspiel bis in die höchsten Lagen, jeder Ton sauber und rein getroffen.
Die Geige tanzte, die Geige weinte, sie frohlockte und vibrierte … Was für ein Tag!

Ich fragte die Musikanten, wo und wann sie ihr nächstes Konzert geben, denn gern wollte ich das ein zweites Mal genießen.

„Wir spielen jeden Nachmittag hier an dieser Stelle."

Oh, was für eine Freude! Beschwingt trat ich den Heimweg an. Und so war es fortan an jedem Nachmittag. Ich gönnte mir ein Konzert der Extraklasse mitten auf der Straße! Schon am zweiten Tag sprach ich die beiden wieder an: „Ich möchte wissen, wo Sie Ihre Ausbildung erhalten haben?" – „Wir studierten Musik am Konservatorium in Lwow. Wir kommen aus der Ukraine."

Ich hatte mich also nicht verhört … Hohe Kunst der besten Schule!

„Und warum spielen Sie dann hier auf der Straße?", wollte ich wissen. Das ist eine lange und eigentlich traurige Geschichte. Leider reichten unsere Sprachkenntnisse nicht ganz aus für eine tiefgründige Erörterung. Und außerdem waren die Musiker nicht verpflichtet, mir solch eine etwas dreiste Frage zu beantworten. Aber ich konnte mir doch meinen Teil zusammenreimen …

Nach der Wende allerorten im Osten Kulturabbau, Auflösung von Orchestern, Schließung von Theatern, Reduzierungen des Personals, Streichen von Geldern. Es war Tanja und Sergej, den bisher noch „Namenlosen", nicht möglich, ein festes Engagement zu bekommen, mit dem sie in ihrer Heimat ihren Lebensunterhalt verdienen konnten.

Sie verließen ihre Familie für die Dauer einiger Monate und versuchten im größten Kurort Polens ihr Glück auf der Straße, solange es das Wetter zuließ. Ein hartes, mühsames Unterfangen, das könnt ihr mir glauben! Unterdessen kümmert sich die Oma, Tanjas Mutter, in der Ukraine um die Fortbildung der begabten Tochter, die noch die Schule besucht, aber auch schon als Geigerin in Konzerten auftritt und täglich sehr fleißig übt, ihren Eltern nacheifernd …

Während ich den Klängen der Musik lauschte, kamen mir die absonderlichsten Gedanken. Die beiden spielten sich in mein Herz und ich dachte: „ Mein Gott, das könnten deine Kinder sein!“ Aber die haben zum Glück eine Arbeit und müssen nicht um ihre nackte Existenz bangen wie diese beiden. Und sie sind ungefähr im gleichen Alter. Tanja, so schlank, blond und hübsch wie meine Tochter und einer meiner Söhne spielt ebenfalls Geige, natürlich nicht so vollendet gut wie Sergej.

Ich erklärte Tanja und Sergej kurzerhand zu meinen Kindern. Aber das sagte ich natürlich niemandem. Ist doch egal, ob ich drei oder fünf Kinder habe.
Und zu meinen vier Enkelsöhnen kam eben noch eine Enkeltochter hinzu.
Ich, die selbsternannte Mutter und Oma, überlegte, als ich wieder in Deutschland war, wie ich „meinen Kindern“ helfen könnte und fragte nicht danach, ob es ihnen recht ist.

Ja, das war im Vorjahr. Und jetzt suchte ich Tanja und Sergej und fand sie nicht …

Endlich! Am vierten Urlaubstag, als ich mich der Uferpromenade näherte, vernahm ich Geigenklänge, die mir der Wind zutrug. Unzweifelhaft! So konnte nur Sergej spielen. Meine Schritte wurden immer schneller und leichter …
Ich wartete, bis das Ave Maria von Bach verklungen war und dann lagen wir uns in den Armen. „Wo wart ihr bloß in den vergangenen Tagen?", fragte ich.
Tanja sagte leise: „Meine Mutter und Anastasia waren zu Besuch, wir haben sie gestern zum Bahnhof gebracht." – Oh wie schade, ich habe es verpasst, Anastasia und die Mutter kennenzulernen … Ab jetzt würde ich „meine Kinder" nicht mehr aus den Augen verlieren und jeden Tag spielen hören. Mein Urlaub war gerettet. Auf diese Konzerte wollte ich nicht mehr verzichten. Natürlich ärgerte ich mich, wenn Urlauber vorübergingen, ein dickes Eis in der Hand oder heiße Waffeln mit einem Riesenberg Schlagsahne darauf und die lässig wohlwollend eine Zwei-Cent-Münze oder einen Groschen in den Geigenkasten warfen …
Tanja und Sergej, unerschütterlich lächelnd, verbeugten sich dankend.

Sie müssen den ganzen Winter über hart gearbeitet haben, denn sie hatten ein völlig neues Repertoire und zudem eine CD produziert.

Ich bekam eine geschenkt und kaufte noch eine hinzu und ging mit der Musik hausieren bei meinem Hoteldirektor: „Sie haben so ein tolles Cafè und es steht ein Flügel darin. Ich wäre ihr glücklichster Gast, wenn Tanja und Sergej bei Ihnen spielen dürfen. Ihr Cafè wird voll besetzt sein, das kann ich ihnen prophezeien."

Dem Hoteldirektor schien mein Einsatz zu imponieren, aber er sagte mir, dass er leider keinen Einfluss auf die Kulturangebote seines Hauses hätte, das würde durch die zentrale Kulturbehörde gemanagt.

Noch am selben Tag verschaffte er mir jedoch einen Termin bei der Chefmanagerin Violetta D., der ich ebenfalls die CD übergab. Mit ihr vereinbarte ich einen Vorstellungstermin für Tanja und Sergej am Abend. Ich war dabei, verstand aber kein Wort Polnisch. Mein Herz pochte wie verrückt, ich schwitzte Blut und Wasser …

Hinterher die bange Frage: „Wie war es?" Sergej nickte zufrieden: „Es war ein sehr gutes Gespräch. Wir kommen vielleicht ab 2006 in die Programme." – „Freut euch bitte erst, wenn ihr einen Vertrag in den Händen haltet.", dämpfte ich ihren Überschwang der Glücksgefühle.

Die Zeit in Kolberg verging wie im Fluge. Ich lud Tanja und Sergej in meine Heimatstadt ein.

Sie wollten eine Nacht darüber nachdenken. Welch eine Freude, als sie am nächsten Tag zusagten.

„Ich werde euch ein neues Cover fertigen. Eure CD ist wirklich sehr gut, aber euer Cover taugt nichts!", rutschte es mir plötzlich heraus.

Oje, was hatte ich da gesagt! Das war taktlos von mir den beiden gegenüber und außerdem, warum gab ich so an? Ich hatte doch noch nie im Leben eine CD-Hülle gefertigt …

Und dann saß ich zu Hause mit dickem Kopf am PC und kriegte es nicht hin. Schließlich erkundigte ich mich bei den Fachleuten in einem PC-Geschäft, ob sie mir das arbeiten können. „Ja, klar, kein Problem!" Aber als ich den Preis hörte, sagte ich zu mir: „Altes Mädchen, streng dich an, das musst du allein schaffen! Du hast die Suppe eingerührt, also löffle sie auch aus!"

Stundenlang friemelte ich herum, vergaß, Pausen zu machen oder zu essen. Der Papierkorb quoll vom Ausschuss über. Ich erinnerte mich, dass ich eine Menge Freunde und Bekannte habe, die ich befragen konnte. Alle rief ich auf den Plan: Inge, Edda, Ilse, Frank, Boris, Bärbel und Maria. Jeder konnte mir ein Stückchen weiterhelfen.

Schließlich war alles fertig, bestens und perfekt, passte millimetergenau und sah wunderschön aus. So produzierte ich einige CDs mit Vita in drei Sprachen, Fotos der Künstler, dem vollständigen Repertoire und einem sehr ansprechenden Coverbild.

Ich hatte eine Menge dazugelernt und freute mich riesig über das Ergebnis.

Jetzt noch das Konzert vorbereiten. Kurzerhand mietete ich das Schlösschen unserer Stadt und war sehr angetan vom großen Entgegenkommen der Kurdirektorin. Schnell unterschrieb ich den Nutzungsvertrag für den Schlosskeller, einem uralten Gewölbe im rustikalen Ambiente. Die weiß getünchten Steinwände sind mit alten Musikinstrumenten dekoriert, Wandleuchten verbreiten gedämpftes, warmes Licht ...

Ob ich es schaffe, in ganz kurzer Zeit meine Freunde auf die Beine zu bringen?

Eine Woche lang telefonierte ich, dann war jeder Stuhl theoretisch besetzt ... Hunderte Kleinigkeiten gab es vorzubereiten. Ich druckte die Programme und noch die persönlichen Einladungen, bastelte für jeden Gast ein kleines Geschenk, erstellte die Sitzordnung, organisierte Getränkeversorgung und Bedienung, den Raumschmuck ... und schrieb ellenlange Listen, damit ich bloß nichts vergesse. Ich hatte für Tage einen Vollzeitjob und beileibe keinen Achtstundentag! Meine Kinder konnten nicht verstehen, warum ich mir solch einen Berg Arbeit aufhalste. „Oma flippt aus, Oma gibt ein Konzert!", das waren ihre Bemerkungen und der etwas spöttische Unterton war nicht zu überhören. Es machte mir alles solch einen unbändigen Spaß! Ist das so schwer zu verstehen?

Außerdem war es ein Test, ob ich auf meine alten Tage noch etwas zustande bringe.

Jawoll! Das wollte ich wissen. Ich war ganz schön am Rotieren ...

Und dann passierten Dinge, die ich nie im Leben für möglich gehalten hätte: Die Kulturchefin der Stadt rief mich an und fragte, ob sie mich in irgendeiner Weise unterstützen könnte, damit dieses private Konzert gelingt. Ja, sie konnte und beförderte einen Teil der Briefe mit den schriftlichen Einladungen. Und stellt euch das vor: Ein Nachbar, der es sehr bedauerte, nicht zum Konzert kommen zu können, weil er gerade zu diesem Termin eine Reise machte, stellte mir für meine Gäste kurzerhand von sich aus sein ganzes neues Eigenheim zur unentgeltlichen Nutzung zur Verfügung. Er wusste, dass meine Wohnung sehr klein ist und dass Tanja und Sergej nicht ins Hotel wollten, um mir Kosten zu ersparen.
„Ja, aber Sie kennen doch Tanja und Sergej gar nicht!", gab ich zu bedenken. „Das macht nichts! Wir kennen doch Sie. Das genügt uns."

Ich war sprachlos über so viel Vertrauen, Hilfsbereitschaft, Entgegenkommen und Herzlichkeit. Es macht mich sehr glücklich, dass es solche Menschen gibt.

Schließlich traf mein Besuch ein. Ich wollte die beiden sogleich bewirten. Aber nein, zuerst wollten sie den Ort des Konzertes kennenlernen und die Probe hinter sich bringen.

Mit Sack und Pack zogen wir ins Kellergewölbe des Schlösschens. Hörprobe, Beleuchtungsprobe, Sitzprobe, die Vasen mit Rosen bestücken, Programme und Geschenke auf jeden Platz legen, die Kerzenleuchter im Raum aufstellen usw. Das alles brauchte seine Zeit

Am Abend letzte genaue Absprachen zum Konzert und danach Einzug ins Haus des Gastgebers. Es war so liebevoll vorbereitet worden, alles weihnachtlich geschmückt, einfach prachtvoll, himmlisch, heimelig, kuschelig, wie es schöner nicht hätte sein können. Wir waren tief beeindruckt. Am nächsten Tag Abendessen bei mir, schon im Konzertoutfit. Die Anspannung wuchs von Minute zu Minute. Wir waren furchtbar aufgeregt. Menschenskind, ich hatte doch keine Ahnung, wie alles läuft, wie meine Freunde und ehemaligen Kollegen das ganze aufnehmen, ob überhaupt alle kommen usw. Schließlich war es mein erstes Konzert! Aber meine zwei treuesten Freundinnen Gitti und Petra halfen mir, die Gäste zu empfangen, ihnen aus der Garderobe zu helfen, sie an die Tische einzuweisen, alle Kerzen anzuzünden usw.

Tanja und Sergej hatte ich in die Künstlergarderobe „verfrachtet", damit sie nicht dem Trubel der Begrüßungen und Umarmungen ausgesetzt waren, denn manche meiner Freunde und ehemaligen Kollegen hatte ich einige Jahre nicht gesehen.

Alles verlief wie am Schnürchen, kein Gedränge, kein Warten. Kaum am Tisch, wurden schon alle bedient, so dass wir auf die Sekunde pünktlich mit dem Konzert begannen.

Sergej spielte wie der liebe Gott und Tanja lächelte wie die liebe Sonne. Mehr brauchte es nicht.

Sie eroberten alle Herzen im Sturm. Meine Freunde habe ich fast nicht wiedererkannt: Am Ende sehr viel Beifall, Bravorufe, Umarmungen, kleine Reden (so nach dem Motto: Die Politiker reden vom vereinten Europa, von Völkerfreundschaft, Solidarität und Integration, sie reden und reden. Aber hier wird das einfach praktiziert.) Dankesworte, Händeschütteln, Rosensträuße, kleine Geschenke …

Ich war total baff. Drei Stunden waren wie nichts dahin … und ein schöner Betrag im Spendentopf. Wir waren total glücklich. Tanja erlitt einen leichten Schock (im positiven Sinne), als wir zu Hause das Geld zählten… Sie konnte es nicht glauben …

Typisch für die beiden: Die Spenden wollten sie durch drei teilen, was natürlich nicht infrage kam. Sie meinten, Künstler sind ehrliche Leute, die ihre Gage gerecht teilen … und ich hätte doch Ausgaben gehabt …

Ich musste richtig mit ihnen schimpfen, bis sie das Geld endlich annahmen. Natürlich wollte ich wissen, was sie mit dem Geld machen. Es wird eisern gespart. Die Tochter, die sehr gewachsen ist, braucht statt der Dreiviertelgeige nun eine ganze Geige. Das Spendengeld des Abends ist also die erste Rate für die neue Geige der Tochter …

Tanja und Sergej waren nach dem Konzert fix und fertig. Wir beendeten den Abend mit einem Glas Sekt noch vor Mitternacht. Schließlich mussten wir auf diesen Erfolg anstoßen.

Am nächsten Tag sollten sie schlafen, solange sie wollten. Es stand nur noch Erholung auf dem Plan.

Es regnete den ganzen Vormittag, gegen Mittag lichtete es sich auf und die Regenwolken verzogen sich. Wir fuhren in den Hainich, ein Naturschutzgebiet ganz in unserer Nähe. Der Waldboden duftete wunderbar nach dem Regen. Der Baumkronenpfad war unser Ziel. Wir lustwandelten durch die Wipfel, stiegen auf die Aussichtsplattform des Turmes und hatten eine gute Sicht ringsum ins Land.

Abends besuchten wir das Thermalbad unserer Kurstadt. Tanjas große Sorge vorher, ob es auch warm genug sei. Ich sagte ihr, dass wir im Freien schwimmen werden. Ungläubig sah sie mich an ...

Ach, was hatten wir für ein Glück! Ausnahmsweise waren nur ganz wenige Badegäste da und wir konnten uns richtig auf dem Wasser aalen.

Im Außenbecken war es besonders schön: Das kahle Geäst der alten hohen Bäume wirkte gespenstisch im milchigen Licht der Laternen und im Dunst des aufsteigenden Wasserdampfes ...

Einen Tag nutzten wir, um die Stadt bis zur hereinbrechenden Dunkelheit zu erkunden und besuchten auch den Japanische Garten.

Da mein Enkel Fabian an diesem Tag seinen 9. Geburtstag hatte, traf sich die ganze Familie zum Abendessen.

Ganz klar, dass Sergej die Geige mitbrachte, das Geburtstagsständchen spielte und noch einen feurigen CSÁRDÁS dazu … Und ich entdeckte das Leuchten der Freudenfünkchen in Fabians Augen …

Nach ein paar unvergesslichen Tagen sagten mir meine Gäste zum Abschied:

„Hier verbrachten wir die schönsten Tage unseres Lebens."

Gibt es ein größeres Lob?

Jetzt könnt ihr euch sicher denken, was im nächsten Jahr passierte?

Es folgte am Jahresende unser zweites Konzert, das wünschten sich meine Freunde. Ich mietete den Konzertsaal des Schlösschens mit seinem herrlichen Kronleuchter und den eindrucksvollen Standleuchten sowie den barocken Sitzmöbeln. Der Raum bot 93 Gästen Platz.

Dieses Konzert wurde noch schöner als das im Vorjahr. Tochter Anastasia war dabei und gab Kostproben ihres Könnens. Mit ihrem langen roten Kleid spielte sie mit ihrem Vater im Duett. Ich bekam Gänsehaut …

Es wurde ein märchenhaftes Konzert, ein konzertantes Märchen, ein klingendes, warmes Wintermärchen der Freundschaft, Herzlichkeit und Nächstenliebe.

Erster Besuch

Brigitte hasste diese ewig lange Fahrt von der kleinen thüringischen Stadt zu ihrer Tochter Iris und den Enkeln Max und Julian, die in der Nähe von Düsseldorf wohnten. Die günstigste Verbindung war nur mit dreimaligem Umsteigen zu haben. Fast sieben Stunden auf der Bahn, das war schon eine arge Geduldsprobe! So bald würde sie bestimmt nicht wieder fahren. Nicht nur, weil es einfach zu teuer war. Ihren Mann, der sich diese Tour aus gesundheitlichen Gründen nicht mehr zumutete, ließ sie ungern allein zu Hause zurück. Mehr als eine Woche war nicht drin – von Samstag bis Samstag.

Mit etwas Wehmut dachte sie an die „gute alte Zeit", in der ihre drei Kinder mit ihren Familien noch in ihrer Nähe lebten und arbeiteten. Nach der Wende hatte es sie in alle Himmelsrichtungen verschlagen. Sie zogen dorthin, wo sie eine Arbeit fanden. Besuche waren selten, Telefon und Internet wurden zum wichtigsten Kommunikationsmittel. Die Ehe der Tochter hatte die Belastungen der Pendlerjahre nicht überstanden. Seit sieben Jahren war sie geschieden und alleinerziehend. Gern hätte sie manchmal für sich und die Kinder hilfreiche Großeltern in ihrer Nähe gehabt …
Die Strapazen der Reise waren schnell vergessen, als Brigitte schon beim Einfahren des Zuges Tochter und Enkel erwartungsvoll auf dem Bahnsteig stehen sah.

„Menschenskind, was seid ihr gewachsen, ich erkenne euch kaum wieder!", sagte die Oma lachend und musterte die Jungen. „Gut seht ihr aus!"

„Oma, du bist auch gewachsen – aber in die Breite", meinte Max und grinste.

Es begann eine schöne Woche, auf die sich alle lange gefreut hatten. Zwar mussten Max und Julian zur Schule und die Mutter zur Arbeit, aber Iris hatte sich für Donnerstag und Freitag frei nehmen können und es blieb nach Schulschluss noch genug Zeit für gemeinsame Unternehmungen mit den Kindern. Abends steckten sie die Köpfe zusammen und berieten, was sie alles anstellen wollten. Brigitte wagte kaum, ihren Wunsch zu äußern, sich an einem Tag abzusetzen, um ihre Brieffreundin Sigrid zu besuchen, mit der sie seit Jahren regen Emailkontakt pflegte und die sie bisher nicht persönlich kannte. Brigitte hatte ihr geschrieben, dass sie sich einige Zeit nicht melden wird, weil sie zur Tochter fährt und wohl zum ersten Mal erwähnt, wo ihre Tochter wohnt. Es stellte sich heraus: Nur 20 km von Sigrid entfernt!

„Wage nicht, eine Ausrede zu erfinden!", schrieb Sigrid und lud Brigitte zu sich ein. „Ich erwarte dich bei mir zu Hause! Zum Glück ist mein Terminkalender in der betreffenden Woche ausnahmsweise nur halb voll." Gleichzeitig schlug sie drei mögliche Zeiten für einen Treff vor.

Brigittes Befürchtungen, dass Tochter und Enkel ihr den Abstecher übelnehmen könnten, waren völlig unbegründet.

„Endlich gehst du mal raus aus deiner virtuellen Welt in die reale Welt. Du bist ohnehin computersüchtig!", meinte die Tochter.

„Wenn ich nur wüsste, was ich ihr kaufen soll. Ich hab bis jetzt nur etwas Selbstgebasteltes und außerdem muss ich mich erkundigen, wann Züge fahren."

„Wann willst du denn fahren?"

Brigitte nahm das kleine Zettelchen mit Sigrids Telefonnummer und ihren Terminvorschlägen aus dem Portmonee und reichte es der Tochter.

„Na, das passt doch perfekt! Nimm den Donnerstag! Mit dem Zug fährst du auf keinen Fall! Selbstverständlich bringe ich dich hin und hole dich auch wieder ab. – Zeig mal, was du für deine Freundin gebastelt hast!"

Brigitte breitete ein Sortiment mehrseitiger, großer Glückwunschkarten im Format A5 aus, die sie selbst am PC auf Hochglanzkarton hergestellt hatte, versehen mit besonders schönen Gemälden, die Seiten gefasst mit einer zarten Goldkordel, dazu passend die farbigen Briefumschläge.

„Wow! Die würde ich dir sofort abkaufen!"

„Na, da bin ich ja beruhigt, dass sie dir gefallen. – Aber das Besondere an den Karten ist, dass die Bilder auf den Titelseiten von Sigrid selbst gemalt wurden."

Jetzt erst bemerkte die Tochter das Signum „S. Feldmann" auf den Gemälden und fragte: „Wie bist du denn zu den Bildern gekommen?"

„Sie hat sie fotografiert und mir per Email-Anhang geschickt."

„Wirklich beachtlich! Sehr schön! Hat sie Kunst studiert?"

„Ach wo! Sie hat sich selbst alles angeeignet. Meine Bilddateien sind voll von ihren Fotos. Aber nicht nur Gemälde! Fotos von sich, ihrer Wohnung und ihren Bastel- und Handarbeiten, sowie von ihren Unternehmungen mit der Freundin oder der Enkelin."

„Die Karten reichen doch schon als Mitbringsel, denk ich! Deine Freundin wird sehr überrascht und erfreut sein."

„Sigrid ist eine außergewöhnliche Frau. Etwas ganz Besonderes! Und deshalb möchte ich ihr zusätzlich noch etwas kaufen, doch ich weiß nicht was."

„Das dürfte doch nicht so schwer sein! Gehst in ein Geschäft, guckst dich um und schon hast du was."

„Wenn es so leicht ist, kannst du ja ein Geschenk besorgen!"

„Mach ich gern für dich, kein Problem!"

Brigitte wusste, dass ihre Tochter liebend gern zum „Shopping" ging, aber selten Zeit zum entspannten Bummeln besaß, weil zu Hause die Kinder auf sie warteten. Und sie wusste auch, dass sie ein glückliches Händchen beim Geschenkekauf hatte. Sie besaß ein feines Gespür dafür, worüber sich der Beschenkte freuen könnte, vorausgesetzt, sie kannte denjenigen, den sie beschenken wollte. Gleich am Montag wollte sie sich nach der Arbeit nach einem Geschenk umsehen.

„Du musst mir noch ein bisschen was von dieser Frau erzählen, damit ich eine Idee bekomme für ein passendes Geschenk. Du hast viele Fotos, wie du sagst, gesehen. In welchem Stil hat sie ihre Wohnung eingerichtet? Wie kleidet sie sich, wie sieht sie aus? Hat sie noch andere Hobbys außer Malen und Basteln?"

„So viele Fragen auf einmal! Konfekt und Wein scheiden als Mitbringsel natürlich aus, das wäre zu einfallslos." Darin waren sich die beiden einig.

„Irgendein Gebrauchsgegenstand vielleicht, der sie noch später an unser Treffen erinnert. Sie liest viel, aber ich wage nicht, ein Buch zu kaufen, weil ich nicht weiß, welche Bücher schon in ihren Regalen stehen. Gut, wir sprechen noch einmal darüber, wenn die Kinder im Bett sind."

Man denke nie, Kinder kriegen nichts mit, wenn sie total in ihr Spiel vertieft sind. In Wirklichkeit entgeht ihnen nichts! Der neunjährige Enkel, der bis dahin unbeteiligt am Gespräch der Erwachsenen mit seinen Spielsachen beschäftigt war, mischte sich plötzlich ein: „Was ist denn so Besonderes an deiner Freundin? Oma, du bist auch was Besonderes! Ich bin was Besonderes! Mutti ist was Besonderes! Jeder ist doch was Besonderes, oder?"

„Ja, ja, du schlaues Kind magst in gewisser Weise Recht haben, aber so einfach ist das nicht! Du meinst sicher, jeder Mensch ist einmalig. Aber etwas Besonderes ist er erst dann, wenn er etwas Besonderes geleistet hat, was ihm so schnell keiner nachmacht oder nicht nachzumachen imstande ist."

„Nun sag schon, warum deine Freundin etwas Besonderes ist!"

„Ach, das möchte ich dir gar nicht erzählen."

„Es interessiert mich aber", beharrte Julian.

„Das glaube ich nicht. Ich glaube eher, du bist nur verdammt neugierig!"

„Oma, auf eurer letzten Geburtstagskarte habt ihr mir geschrieben, ich soll schön neugierig bleiben. Also?"

Es blieb Brigitte nichts weiter übrig, als vom schweren Schicksal ihrer Freundin etwas zu erzählen. Dabei bemühte sie sich, die Ereignisse etwas abzumildern und suchte oft nach passenden Worten ...

Bei einer schweren Krebsoperation wurden Sigrid Feldmann im Alter von 30 Jahren beide Brüste abgenommen. Zwei Jahre später musste sie an der Wirbelsäule operiert werden, aber die Operation misslang. Die Wunde infizierte sich und führte zu einer Hirnhautentzündung. Sigrid lag lange Zeit im Koma und als sie daraus erwachte, wurde sie mit der Tatsache konfrontiert, dass sie querschnittsgelähmt war. Das bedeutete ein lebenslanges Dasein im Rollstuhl.

Zur selben Zeit, als sie im Krankenhaus um ihr Leben kämpfte, verstarb ihr geliebter Bruder bei einem Verkehrsunfall. Als sie nach fast zwei Jahren aus der Klinik entlassen werden konnte, dauerte es nur kurze Zeit und ihr Ehemann trennte sich von ihr. Er war mit dieser Situation völlig überfordert. Aber zumindest hatte er vorher eine behindertengerechte Wohnung besorgt, selbst mit Hand angelegt und handwerkliche Lösungen ertüftelt, damit es seine Frau so praktisch wie irgend möglich hatte und größtenteils allein zurecht kam.

Sigrid hatte vor ihrer Erkrankung immer gewusst, ob spontan oder planmäßig, was sie wollte und ihre Vorstellungen in die Tat umgesetzt und sich dabei von niemandem aufhalten oder beirren lassen. Sie war beliebt bei ihren Kollegen in der Stadtverwaltung. Eine fröhliche, unternehmungslustige, sportliche Frau! Nun musste sie einen langen, qualvollen Weg antreten, der sie Schritt für Schritt langsam in ein neues Leben führte, das völlig anders war als das bisherige, aber ihr ein kleines Stück Lebensqualität zurück gab. Nur einer, der diesen Weg selbst gegangen ist, kann wissen, wie schwer solch ein Weg ist. Der treueste Begleiter auf diesem Weg war ihr Sohn. Seinetwegen, nur seinetwegen, kämpfte sie wie eine Löwin, die bei Gefahr ihr Junges verteidigt. Er sollte nichts vermissen, er sollte immer auf sie rechnen können, sie wollte ihn gut auf das spätere eigenständige Leben vorbereiten und brachte ihm alles bei, was eine gute Mutter ihrem Kind mit auf den Weg geben konnte.

Das alles ist lange her, denn Sigrid ist inzwischen über 60, ihr Sohn ist verheiratet und hat ein Kind. Sigrids 15-jährige Enkeltochter ruft gern mal am Wochenende spontan bei ihr an und fragt: „Oma, kann ich bei dir pennen?" Und Sigrid erfährt dann alles, was Fünfzehnjährige sonst vielleicht nur ihrer allerbesten Freundin anvertrauen würden …

Von Sigrids vielen Freundinnen ist nur Doris übrig geblieben, die ihr die ganzen Jahre über die Treue gehalten hat. Beide unternehmen viel gemeinsam und sollte einmal außer der Reihe Hilfe erforderlich sein, dann ist sie sofort da.

Tochter und Enkel hatten Brigitte lange interessiert und schweigend zugehört.

„Oma, ich glaube, deine Freundin ist wirklich etwas Besonderes."

„Ja! Aber das Besondere ist nicht ihr außergewöhnlich schweres Schicksal mit einer Häufung unglücklicher Zufälle. Das Besondere ist, was Sigrid aus ihrem Leben trotz dieser ganzen Umstände mit eigener Kraftanstrengung gemacht hat. Mit ihrem Schicksal hat sie sich längst versöhnt."

Heute leitet Sigrid eine Selbsthilfegruppe von querschnittsgelähmten Menschen. Sie ist fit am Computer und absolvierte mehrere Lehrgänge Photo-Impact, bastelt wunderbare Grafiken. Demnächst wird sie ihre erste eigene Homepage ins Netz stellen.

Sie ist Mitglied eines Seniorenchors und eines Senioren-Computerclubs, schreibt Gedichte, malt Bilder mit Acrylfarben auf Leinwand, organisiert Ausstellungen in Rathäusern, Bibliotheken und Hotels. Sie kann sogar Auto fahren, besucht Konzerte, Museen und Theaterveranstaltungen. Und immer noch fertigt sie mit Vorliebe nach eigenen Entwürfen Teddybären per Hand. Weit über hundert hat sie inzwischen hergestellt, einer schöner als der andere. Die meisten Bilder und Teddys verschenkt sie nach und nach. Wenn sie manchmal einen Käufer findet, ist sie glücklich, dann kann sie sich vom Erlös neues Material kaufen. Einen Gewinn erzielt sie daraus nicht, obwohl ihre bescheidene Rente eine kleine Aufbesserung gut vertragen würde …

Wenn im Innenhof des behindertengerechten Wohnblocks das jährliche Sommerfest steigt, ist Sigrid mit ihrer Gitarre dabei und spendiert einen selbstgebackenen Kuchen.

Einmal schrieb sie an Brigitte: „Ich hadere nicht mit meinem Schicksal. In gewisser Weise bin ich ihm sogar dankbar. Ich hätte sonst niemals im Leben erfahren, welche Talente in mir stecken."

Beim Lesen jedes Briefes von ihrer Freundin spürte Brigitte, dass Sigrid eine sehr ausgeglichene Persönlichkeit ist, zufrieden mit ihrem Leben und glücklich beim kreativen Arbeiten. Diese Zufriedenheit, viel Frohsinn und Humor waren auch beim Telefonieren nicht zu überhören. Es gab kaum ein Gespräch, in dem nicht gelacht wurde.

Trotzdem gibt es viele Wünsche, die für sie immer unerfüllbar bleiben werden. Brigitte weiß, dass Sigrid liebend gern ein einziges Mal ans Meer fahren würde, das sie nur von Filmen oder vom Fernsehen kennt. Aber der weite Weg dorthin macht diese Reise einfach unmöglich. Eine Begleitperson wäre außerdem nötig.

Die Enkel steckten neugierig ihre Köpfe in die Küche.
„Raus!", schrie die Oma. Aber sie hörten nicht und hingen ihre Nasen über den gedeckten Tisch. „Wow! Du verwöhnst uns ja sagenhaft! Müssen wir denn unbedingt mit dem Abendessen warten, bis die Mama kommt?"
„Ja, unbedingt!"
„Oma, es ist schon 19 Uhr! Wir sind glatt am Verhungern."
Sie hielten sich die Bäuche und zogen schmerzhafte Grimassen.
Da hörten sie die Mutter kommen.
„Deine Kinder sind am Verhungern! Schau, sie fallen gleich um – diese Schauspieler!"
„Ich mach mich nur schnell etwas frisch und dann kann es losgehen."
Die Mutter verschwand zuerst im Bad und danach im Schlafzimmer. Gut gelaunt betrat sie kurz darauf die Küche: „Täterätä!", rief sie und hielt ein Geschenkpäckchen in die Höhe, sorgfältig verpackt mit glänzendem Rosendruckpapier, mit breitem Seidenband gefasst und einer mehrfach aufgebauschten Schleife obenauf.

„Das ist für Sigrid."

„Soll das etwa bedeuten, dass du soeben das Geschenk eingepackt hast, bevor ich es zu sehen bekam?", fragte Brigitte fassungslos. „Was hast du denn gekauft?"

„Das soll nicht nur für Sigrid, sondern auch für dich eine Überraschung sein. Ich verrate es nicht und wenn ihr euch allesamt auf den Kopf stellt. Vielleicht gefällt es dir nicht und dann machst du mir Stress. Aber so musst du es nehmen, wie es ist. Es ist nichts Besonderes, aber ich hoffe trotzdem, dass es ihr gefallen wird."

„Wie viel hat es gekostet?"

„Ich habe dein vorgegebenes Limit nicht ganz aufgebraucht. 32 Euro habe ich ausgegeben. Hier ist der Rest."

„Den steck mal gleich in die Spardosen der Kinder." Brigitte und ihre Enkel rätselten herum, was wohl in dem Päckchen sein könnte, das etwa so groß wie ein Stiefelkarton war, aber sie erfuhren es nicht.

„Ich habe ein bisschen Bammel vor dem Besuch", sagte die Oma unvermittelt. „Aber nicht, weil ich nicht weiß, was im Päckchen ist, sondern weil ich nicht weiß, was ich beachten muss beim Besuch einer querschnittsgelähmten Frau. Ich habe doch keine Erfahrung im Umgang mit Behinderten. Vielleicht mache ich aus Unkenntnis oder Unachtsamkeit etwas falsch. Oder vielleicht merke ich nicht, wann ihr mein Besuch zu viel wird."

„Ach Oma, mach dir keine Sorgen! Bleib cool und so, wie du immer bist!", meinte Julian.

Am Donnerstag machten sich Brigitte und ihre Tochter Iris erwartungsvoll auf den Weg zu Sigrid. Dank Navigationsgerät waren sie pünktlich zur vereinbarten Zeit gegen elf Uhr am Ziel. Nicht mal 30 Minuten hatte die Fahrt gedauert. Sie gingen den langen Hausflur entlang, links und rechts auf die Nummern der Wohnungstüren achtend. Aber sie mussten nicht lange suchen, denn am Ende des Ganges öffnete sich eine Tür und eine Dame im Rollstuhl fuhr ihnen lächelnd entgegen.

Die Freude darüber, dass endlich nach vielen Jahren des Briefwechsels dieses erste persönliche Kennenlernen zustande kam, war den beiden Seniorinnen anzusehen. Sie umarmten sich. Dann überreichte Brigitte den Blumenstrauß: „Hier, die Rosen – für dich!"
Kein bisschen Fremdheit war zu spüren. Die Freundin sah genauso aus, wie sie Brigitte von unzähligen Fotos kannte, nämlich verdammt attraktiv. Man konnte nicht glauben, dass sie die 60 schon überschritten hatte. Kaum ein Fältchen im Gesicht! Ihre blondierten Haare hatte sie mit einem kurzen Sportschnitt in Form gebracht, der sie sehr gut kleidete. Das dezente Make-up, die getuschten Wimpern und die sorgfältig geschminkten Lippen ließen schon auf den ersten Blick erkennen, dass sie viel Wert auf ein gepflegtes Äußeres legt.
„Guten Tag! Ich möchte Ihnen nur meine Mutter ordnungsgemäß abliefern, bin gleich wieder weg."

„Bitte, bleiben Sie einen kurzen Moment! Kommen Sie! Ach was, sagen wir doch du! Ich bin die Siggi. – Bitteschön, tretet ein, geht mir voraus, immer geradedurch bis ins Wohnzimmer!"

Die zwei Gäste ließen sich nicht lange bitten und betraten die Diele, die sehr breit war und nahtlos in den Wohnbereich überging. Keine Türen vor Küche, Stube oder Schlafraum. In wenigen Sekunden erfasste Brigitte: Hier hatte sich jemand mit Geschmack eingerichtet. Die Möbel aus hellem Birkenholz. Warme Farben für Wände, Vorhänge, Fußboden! Alles harmonierte in Gelb-, Orange- und Braun-Beige-Tönen miteinander und strahlte Wärme aus. Dazwischen die mit Accessoires gesetzten Farbtupfer in Rot. Sehr angenehm das gesamte Ambiente! Das große Fenster ließ viel Licht ein.

„Wunderschön hast du es hier!", sagte Brigitte, trat etwas zurück und drehte sich zu Sigrid um, die ihnen gefolgt war.

Alle drei fuhren plötzlich zusammen, als es einen ohrenbetäubenden Knall gab. Brigitte hatte versehentlich eine Vase gestreift, die in einem offenen Regal stand. Die Vase krachte auf den Laminatboden und zerbrach in unzählige Scherben, die durch die Wucht des Aufpralls nach allen Seiten ins Zimmer hinein spritzten. Nein! So eine Blamage! Gleich zu Beginn des Kennenlernens! Sie war ja noch nicht einmal eine Minute hier! Hilflos und unglücklich schaute Brigitte zu Sigrid und brachte vor Schreck kein Wort heraus.

Doch diese saß entspannt im Rollstuhl, warf ihren Kopf zurück und brach in lautes Lachen aus. Dabei blitzten ihre Zähne und auf den mit Rouge belegten Wangen bildeten sich zwei kleine Grübchen. „Ich wusste, das wird heute mein Glückstag! Scherben bringen Glück! Was denn sonst! Nun mach nicht solch ein verdattertes Gesicht! Ein paar Scherben, weiter nichts! Kein Grund zur Panik."

Auch die Tochter fiel in das Lachen ein. Das Missgeschick ihrer Mutter schien ihr nicht im Geringsten peinlich. Sie bat um Handfeger und Kehrschaufel, rutschte flink auf den Knien durch die Stube, immer noch vor sich hin kichernd, und beseitigte schnell das Scherbenchaos.

„Selbstverständlich werde ich dir die Vase ersetzen.", sagte Brigitte. „Ich hab sie nicht mal gesehen, hoffentlich war es kein besonders wertvolles Stück?"

„Doch, doch! Diese Vase ist ein Unikat – gewesen. Meine Freundin Doris hat sie extra für mich getöpfert. - Aber was meinst du, wie die sich freuen wird, wenn sie mir eine neue anfertigen darf. Ich hab uns eine Tasse Kaffee gebrüht. Nehmt bitte Platz! Etwas zu essen gibt es erst zu Mittag. Einverstanden?"

„Nur keine Umstände! Wir sind gar nicht hungrig!"

Es machte Freude, sich an diesen Tisch zu setzen. Sigrid hatte rote Rosenblütenblätter über das weiße Tischtuch gestreut und das passte wunderschön zum Dekor der Tassen.

Der quadratische Tisch stand auf einem Mittelfuß, das war sicher praktisch für eine Rollstuhlfahrerin.

Sie konnte von allen Seiten heranfahren, ohne dass ihr Tischbeine im Weg waren.

Brigitte kramte aus ihrer Tasche die Geschenkmappe mit den Gemäldekarten heraus und drückte sie Sigrid in die Hand.

Iris legte das Geschenkpäckchen auf den kleinen Beistelltisch.

„Alles für mich? Ihr seid wohl nicht ganz gescheit! – Danke, das war doch nicht nötig!" Nach einer Weile erhob sich Iris: „Der Kaffee hat gut geschmeckt! Ich fahre jetzt zurück. Wann soll ich meine Mutter abholen?"

„Ach Iris, bleib doch hier, da sparst du Sprit. Musst doch nicht zweimal hin und her fahren. Oder wird es dir zu langweilig mit uns alten Weibern?" Iris sah fragend ihre Mutter an und als diese nickte, freute sie sich, denn sie hatte in Sigrids Stube schon einiges entdeckt, was sie brennend interessierte. Doch zunächst stand sie auf, um das Kaffeegeschirr abzuräumen. Sigrid protestierte: „Hände weg! Hier werden Sie platziert und bedient, meine Dame, verstanden!?" Sie griff ein Tablett, legte es auf ihren Schoß, stellte das Geschirr darauf und verschwand in der Küche. „So, den Rest darf später die Spülmaschine machen."

Sigrid packte die Geschenkmappe aus. Ihre ohnehin schon großen ausdrucksstarken Augen schienen noch größer zu werden und eine Weile verschlug es ihr die Sprache.

Die Überraschung war gelungen! Die Gemäldekarten wurden hin und her gewendet und schon ging die Fachsimpelei los. Sigrid wollte genau wissen, wie Brigitte diese Karten hergestellt hatte, welchen Drucker, welche Farben, welches Spezialpapier sie benutzte, wo es das zu kaufen gibt usw.

„Das muss ich unbedingt ausprobieren. Die sehen ja fast besser aus als meine Originale!", sagte sie erfreut. Iris stand auf und ging auf das Fenster zu. Unter dem breiten Fensterbrett standen Sigrids bemalte Leinwände, mehrfach in Reihen hintereinander schräg an die Wand gelehnt. „Ich habe leider in meiner kleinen Wohnung viel zu wenig Platz, deshalb stehen sie hier herum." Alle Bilder wurden nacheinander begutachtet. Zu manchem Bild gab es eine Entstehungsgeschichte. Interessant, sehr interessant. Schnell merkte Sigrid, dass sie hier zwei sachkundige Kritikerinnen vor sich hatte.

Die handgefertigten Teddys, die dicht an dicht auf dem roten Sofa saßen, wurden betrachtet und beknuddelt. Brigitte bewunderte auch die auf dem Spezialbett befindliche Überwurfdecke in Mosaik-Patchwork-Technik, die Sigrid selbst genäht hatte.

„Mannomann, wann machst du das alles?"

„Wenn ich am Schaffen bin, schaue ich nicht auf die Uhr. Wenn ich eine Idee habe, hält mich nichts auf. Du dürftest dann nicht hereinkommen, weil meine Stube wie eine Räuberhöhle aussieht."

Die drei Frauen merkten vor lauter Eifer nicht, wie schnell die Zeit vergangen war.

Erschrocken sah Sigrid auf ihre Uhr. „Jetzt habe ich doch über unserer Quatscherei glatt das Mittagessen vergessen!" Schnell schob sie eine Pfanne in die Röhre. „Sigrid, wir müssen auch bald nach Hause."

„Das Essen ist schon fast fertig, es muss nur noch überbacken werden. So viel Zeit habt ihr noch!"

Unterdessen gingen sie einen Moment auf die Terrasse, die sich an das Wohnzimmer anschloss und von zwei Beeten eingefasst war. Zwischen den üppig blühenden Blumen war kein Pflänzchen Unkraut zu sehen. An der Wand rankte sich die Clematis empor, deren große weiße Blüten sich schön von der roten Klinkerwand abhoben.

„Dein Gärtner hat ein glückliches Händchen!", sagte Iris anerkennend.

„Was heißt hier Gärtner? Die Beete habe ich angelegt und versorge meine Blümchen selbst. Nur im Herbst macht mein Sohn alles winterfertig. Hier draußen sitze ich in meiner Lese-Ecke, sobald es die Temperaturen erlauben."

Im Wohnzimmer gab es mehr offene Regale als Schränke. „Hast du diese Bücher, die hier stehen, alle gelesen?"

„Die meisten, aber nicht alle. Oft fehlt mir einfach die Zeit oder ich gebe anderen Dingen den Vorzug."

Brigitte entdeckte in einem Fach neben den Büchern drei Videokassetten. Die Rücken der Kassettenboxen waren per Hand beschriftet. „Sag mal, filmst du etwa auch noch?"

„Nein, nein, die hat allesamt Doris aufgenommen. Wollt ihr eine sehen? Sie dauert nicht einmal zehn Minuten. Danach wird das Essen fertig sein."

Auf der Kassette stand „Michas Hochzeit".

Sigrid erzählte, dass sie einmal, als ihr Sohn Michael als fünfzehnjähriger Teenager den ersten großen Liebeskummer verkraften musste, leichtsinnigerweise zu ihm gesagt hatte: „Eines Tages werde ich auf deiner Hochzeit tanzen. Das verspreche ich dir."

Der Junge hatte diese Worte seiner Mutter längst vergessen, nicht aber Sigrid. Versprechen hat sie immer gehalten. Doris erklärte sie anfangs für verrückt, als sie ihr sagte, sie wolle auf Michas Hochzeit tanzen und brauche dazu ihre Hilfe. Unmöglich! Aber Sigrid ließ nicht locker und hatte schon ganz konkrete Vorstellungen, wie ein Rock'n Roll-Solo im Rollstuhl aussehen könnte. Doris, die als Krankenschwester in einer Kurklinik arbeitete, durfte mit Sigrid kostenlos den Gymnastikraum nutzen. Die beiden Frauen tüftelten an der Choreographie herum, bis sie schließlich „auftrittsreif" war, natürlich nur im Kreise der Verwandten und nicht in der Öffentlichkeit.

Interessiert und staunend sahen Brigitte und ihre Tochter, was sich vor ihnen auf dem Bildschirm abspielte.

Wie ein Wirbelwind zog Siggi in rasantem Tempo auf dem Parkett des Hochzeitssaales ihre Figuren, Kurven und Kreise, punktgenaue Akzente zur Musik setzend.

Arme, Oberkörper und Kopf ergänzten mit passenden Bewegungen und Posen die Show. Der Schluss dieser Vorführung war besonders beeindruckend, als sich Sigrid mit Hilfe eines langen seidenen Gymnastikbandes mit viel Schwung wirkungsvoll in Szene setzte. „Ja, meine Lieben, das ist 17 Jahre her. Heute würde ich das nicht mehr auf die Reihe kriegen!"

Unterdessen hatte Sigrid den Mittagstisch gedeckt und stellte die heiße, mit Käse überbackene Nudelpfanne auf einen Untersetzer. „Hier meine Gemüse-Nudel-Puten-Kreation! Bedient euch!"

„Hm, das riecht ja verführerisch!"

„Aber Vorsicht beim Gemüse! Ich hab eine Menge scharfer Chilischoten mit darunter gemischt und etwas Knoblauch ist auch dran." Sigrid füllte Rotwein in die Gläser. „Mir bitte nicht, ich muss doch gleich fahren. Mach dir bitte keine Umstände!" Iris füllte ihr Glas mit Leitungswasser. Die drei aßen mit großem Appetit.

Brigitte stand noch ganz unter dem Eindruck der Videovorführung und fragte: „Wie lange habt ihr denn für die Einstudierung gebraucht?"

„Oh, das war ein sehr hartes Stück Arbeit. Ungefähr neun Monate."

„Herrlich, wie du nach der Rollstuhlpirouette das Gymnastikband hinter dir hervorzogst und es über dem Kopf schwangst!" Brigitte ahmte die Bewegung mit der Rechten nach.

„Nein!", schrie sie auf und hielt erschrocken die Hände vors Gesicht. In ihrer Begeisterung hatte sie das Rotweinglas umgestoßen. Zum Glück war es heil geblieben, aber der hässlich rote Fleck auf dem Tischtuch! So ein Pech! Iris und Sigrid schienen sich einig zu sein. Sie prusteten los und kriegten sich vor Lachen nicht wieder ein. Umständlich nahm Brigitte die Tischdecke ab: „Ich nehme sie mit nach Hause und in ein paar Tagen kriegst du sie mit der Post zurück."

„Na, das fehlte noch! Das kommt gar nicht infrage!", lachte Sigrid. „Wozu hab ich eine Waschmaschine! Du willst schon wieder ein Drama aus diesem kleinen Malheur machen." Sie verschwand mit dem Tuch kurz im Bad, Iris sammelte die Rosenblütenblätter ein, wischte die Rotweinspuren vom Tisch ab und das Mittagsmahl wurde fortgesetzt. Während Sigrid und Iris überaus fröhlich dabei weiterschnatterten, als wäre nichts gewesen, war Brigitte ziemlich still geworden. Erst die zerbrochene Vase und nun das bekleckerte Tischtuch! Warum musste ausgerechnet ihr das passieren? Auf diesen Schreck hin spürte Brigitte plötzlich das starke Bedürfnis, eine Zigarette zu rauchen, obwohl sie sich eigentlich vorgenommen hatte, während des Besuches ein paar Stunden ohne auszukommen.

„Ich geh mal kurz auf die Terrasse eine rauchen", sagte Brigitte.

„Was, du rauchst? Ich fasse es nicht!" Sigrids Enttäuschung war nicht zu übersehen. Mit ihrer Meinung hielt sie nicht hinterm Berg: „Wie kann sich eine erwachsene, gesunde Frau im vollen Besitz ihrer geistigen Kräfte so etwas antun? Selbstmord auf Raten!"

Aus ihren Augen blitzte plötzlich Neid, Neid auf die gesunde Frau ihr gegenüber, die das Geschenk, gesund zu sein, offensichtlich nicht begriffen hatte. Sie schüttelte den Kopf: „Ich habe dich klüger eingeschätzt." Und nach einer Pause: „Wehe, du wirfst eine Kippe in mein Gärtchen!"

Brigitte hatte voll ins Fettnäpfchen getreten. Sie kam sich plötzlich vor wie eine ertappte Sünderin. Sie erhob sich und zog ein kleines, metallenes Pillendöschen aus der Tasche und hielt es demonstrativ nach oben, während sie zur Terrasse ging: „Hier, meinen Aschenbecher habe ich immer dabei."

Iris war dieses Mal schneller, sie räumte den Mittagstisch ab, noch ehe Sigrid dazu kam. „Auf mich hört sie leider nicht", sagte sie mit einem Blick zur Terrasse entschuldigend.

Draußen zog Brigitte hastig an ihrer Zigarette. Aber sie schmeckte ihr nicht. Unangenehm berührt nahm sie wahr, dass sie nun keinem zu nahe kommen durfte. Sie roch nicht nach Nikotin, nein, sie stank.

Noch nie hatte sie das selbst so empfunden wie heute. Und keine Pfefferminzbonbons in der Tasche …

Zurück in der Wohnung, suchte sie schnell das Bad auf, wusch sich die Hände und spülte den Mund mit klarem Wasser. Aber der üble Geruch schien an ihr festzukleben.

Als sie zurück ins Wohnzimmer kam, fragte Sigrid spöttisch: „Na, geht es dir jetzt besser?"

„Nein", erwiderte Brigitte kleinlaut, „ich weiß doch, dass es kein einziges Argument für das Rauchen gibt."

„Ja, dann lass es doch einfach!"

„So einfach ist das nicht."

Brigitte ärgerte sich, dass durch ihre Unbeherrschtheit die anfangs so fröhlich lockere Stimmung nun etwas gedämpft war. Nach einem Blick auf die Uhr sagte Iris: „Sigrid, wir müssen leider. Wir sind schon ziemlich spät dran! Die Kinder kommen gleich aus der Schule. Es war wunderschön bei dir. Danke für deine Gastfreundschaft! Danke für das leckere Essen! Danke für die vielen Anregungen! Meine Mutter hat eine wirklich tolle Freundin!"

„Und du hast eine wirklich tolle Mutter, eine überaus umwerfende Persönlichkeit!", lachte Sigrid.

„Ja, ja, macht euch nur über mich lustig", warf Brigitte ein.

Dann nahmen sie ihre Taschen und machten sich zum Gehen fertig. Da fiel Brigittes Blick auf den kleinen Beistelltisch, auf dem noch immer unausgepackt das Geschenk lag.

„Sigrid, ich weiß nicht, was in diesem Päckchen ist. Iris hat es besorgt und mir vorher nicht verraten, was darin ist. Kannst du es noch schnell auspacken, bevor wir gehen?"

„Oh, entschuldigt bitte meine Unaufmerksamkeit. Ich wollte nicht unhöflich sein, aber ich bin ja vor lauter Erzählen nicht zum Luftholen gekommen."

Sigrid nahm das Päckchen auf den Schoß, wickelte das Papier ab und legte es sorgfältig zusammen.

Vorsichtig hob sie den Deckel ein wenig an und schaute in den Karton hinein. Sogleich ließ sie den Deckel wieder herunter und in derselben Sekunde brachen sie und Iris in schallendes Gelächter aus.

„Was ist denn im Kasten?", wollte Brigitte wissen. Aber keine der beiden konnte zunächst eine Antwort geben, weil sie wie verrückt lachten.

Nachdem sich Sigrid endlich beruhigt und die Tränen aus den Augen gewischt hatte, sagte sie zu Brigitte: „Entweder besitzt deine Tochter hellseherische Fähigkeiten oder sie kennt dich besser als du dich selbst."

Sie nahm die Geschenke heraus: Das weiße Tischtuch wurde gleich aufgelegt. Es sah wunderschön aus mit der Spitzenkante aus stilisierten Rosen. Das zweite Geschenk drehte Sigrid bewundernd in ihren Händen. Ein Glück, es schien ihr zu gefallen. Dann fuhr sie zum Wandregal und stellte die neue Vase an den Platz, wo noch vor wenigen Stunden eine andere stand.

Der lange Weg zurück ins Leben

Hanna hatte ihren Mann vor anderthalb Jahren von einem Tag zum anderen verloren. Herzinfarkt. Von diesem Schock hatte sie sich lange nicht erholt. Sie zog sich von allem zurück, ging kaum noch aus dem Haus, magerte ab, vergrub sich völlig in ihren Schmerz und in ihre Trauer. Es tröstete sie wenig, dass es außer ihr viele andere ältere Frauen gab, die offensichtlich schneller über den Verlust ihres Partners hinweggekommen waren. Es tröstete sie wenig, wenn ihre Freundin Gerda oft zu ihr kam und versuchte, sie etwas abzulenken oder aufzuheitern und um ihr einige Arbeiten und Wege abzunehmen. Sie hatte einfach keine Kraft mehr und keine Lust, mit ihr wie früher einiges gemeinsam zu unternehmen. Obwohl auf ihre Freundin immer Verlass war und sie sich auch freute, wenn sie kam, fühlte sich Hanna alleingelassen. Die Tage vergingen zäh und langsam und die Einsamkeit, besonders an den Abenden, tat weh. Ihr Mann fehlte ihr so sehr und keine Stunde verging, an dem sie nicht an ihn dachte oder an ihn erinnert wurde.

Hanna hatte keine Tränen mehr, aber sie weinte ständig tränenlos in sich hinein. Wenn sie zu Bett ging, war der Schmerz manchmal so übermächtig, dass ihr ganzer Körper plötzlich zu vibrieren begann und ihr war, als würde eine elektrisierte Welle durch ihn hindurchjagen. Dann machte sie das Licht an, setzte sich auf und wartete, bis das Zittern vorbei war. Aber dieses heftige Erbeben und nachfolgende Frösteln war zum Glück mit der Zeit seltener geworden.

Gerdas damaliger Vorschlag, doch professionelle Hilfe zur Trauerbewältigung in Anspruch zu nehmen, hatte sie sofort rigoros abgelehnt. Niemand konnte ihr den geliebten Mann zurückbringen. Und die Vorstellung, mit fremden Leuten über ihre inneren Befindlichkeiten zu reden, löste ein unangenehmes Gefühl der Beklemmung in ihr aus. Auch die Ratschläge ihrer Hausärztin schlug sie zum größten Teil in den Wind und von einer Kur wollte sie schon gar nichts wissen. Es reichte ihr, dass ihr die Freundin hin und wieder geduldig zuhörte, auch wenn sie ihr wahrscheinlich oft dasselbe erzählte und sich die Gespräche im Kreis drehten. Gerda hatte sich schon vor Jahren von ihrem Mann getrennt und lebte allein. Ihre zwei erwachsenen Kinder wohnten weit weg und die Enkel bekam sie leider nur sehr selten zu sehen.

In letzter Zeit war es Gerda gelungen, Hanna öfter zu gemeinsamen Spaziergängen zu bewegen. Und ebenso oft redete sie eindringlich auf sie ein, aktiver zu werden und sich selbst mehr Gutes zu tun.

„Wenn dein Mann sehen könnte, wie du dich hier über die Tage quälst, ich glaube nicht, dass er sich darüber freuen würde!", sagte sie mit Bestimmtheit und schlug Hanna vor, mit ihr gemeinsam an die See in Urlaub zu fahren. Doch Hanna wusste, so viel Nähe konnte sie nicht ertragen, noch nicht, auch wenn Gerda ihre beste Freundin war.

„Dann fahr allein, aber fahre! Du brauchst einen Tapetenwechsel! Du musst das Leben um dich herum wieder sehen und wahrnehmen! Fahre, fahre unbedingt! Und nimm auch deinen Siegfried mit, sein schönstes Foto, und erzähle ihm abends, was du erlebt und gesehen hast!"

Hanna war total unentschlossen und das ständige Drängen ihrer Freundin nervte sie.

Von ihren Bedenken wollte Gerda nichts hören. Für jedes Problem wusste sie sofort eine Lösung.

„Versuche es doch wenigstens ein einziges Mal!"

Schon am nächsten Tag brachte sie den Katalog eines Reiseunternehmens mit und tatsächlich schaute Hanna hinein.

„Dein Siegfried möchte, dass du in Urlaub fährst!"

„Woher willst du das wissen?"

„Ich weiß es, er hat es mir heute Nacht im Traum gesagt!", meinte sie lächelnd.

Zwei Wochen später ging Gerda mit der Freundin gemeinsam zum Reisebüro. Nun gab es kein Zurück mehr. Hanna würde im April eine zweiwöchige Kurreise mit Haustürabholung nach Kolberg an der polnischen Ostseeküste antreten.

Die Reise dauerte zwar zehn Stunden, verlief aber angenehm. Gerda hatte Recht behalten, denn Hanna brauchte nicht einmal ihren Koffer zu bewegen, das taten Taxi- und Busfahrer für sie. Da sie schon nachts losgefahren waren, konnte sie im Bus noch etwas schlafen. Am Morgen versorgte die nette Reiseleiterin die Fahrgäste mit Kaffee oder Tee. Wer wollte, konnte auch ein heißes Würstchen bestellen. Gegen Mittag erreichten sie ihr Ziel. Die Gäste wurden in verschiedenen Hotels untergebracht.

Hannas Anmeldung dauerte kaum eine Minute. Man hatte sie schon erwartet, begrüßte sie herzlich und übergab ihr Zimmerschlüssel und Hotelausweis, auf dem die Essenzeiten und die Tischnummer vermerkt waren.

Neugierig öffnete Hanna ihr Zimmer und war angenehm überrascht. Ein kleines, aber sehr geschmackvoll eingerichtetes Zimmer mit hellen Möbeln! Vorhänge, Teppichware, Wandfarben harmonierten in warmen Farben. Garderobe, Kühlschrank, Nachttisch, ein kleiner Schreibtisch, Sessel, Fernseher – alles war sehr zweckmäßig angeordnet. Wandregal und ein Einbauschrank mit großem Spiegel boten ausreichend Stauraum und Platz für ihre Sachen. Die Nasszelle auf kleinstem Raum ließ keine Wünsche offen. Alles war pieksauber. Obwohl Hanna ein Einzelzimmer gebucht hatte, befanden sich im Zimmer zwei Betten, wovon eines abgedeckt war. Das störte sie ein wenig, würde sie doch das unbenutzte Bett täglich an ihren Mann erinnern.

Vom Balkon aus sah sie auf die mächtigen Kronen alter, noch kahler Bäume, die dicht an dicht im Kurpark standen und die sich unter der Mittagssonne im Wind hin und her wiegten.
Schnell packte Hanna ihren Koffer aus, stellte das Foto ihres Mannes auf den Schreibtisch, machte sich danach etwas frisch und fand sich zum Mittagessen im Hotelrestaurant ein. Jeden Tag sollte es ein Dreigangmenü mit Wahlmöglichkeit geben.
Unbedingt noch heute wollte Hanna zum Meer gehen, das sie trotz ihrer alten Tage bisher noch nie in natura gesehen hatte.
Sie zog sich warm an, denn die Sonne täuschte. Am Außenthermometer las sie 12 Grad ab. Sie drückte das Foto ihres Mannes an sich und stellte es seufzend auf den Schreibtisch zurück.
„Ich gehe jetzt ans Meer", sagte sie zu ihm.

Nur ein paar Schritte waren es durch den Uferwald bis zum Strand, doch sie brauchte lange für diesen kurzen Weg. Staunend blieb sie immer wieder stehen. Was waren das für prächtige, alte Bäume! Jeder einzelne einzigartig und etwas ganz Besonderes. Zeit und Wetter hatten ihre Spuren an ihnen hinterlassen. Manche standen aufrecht und andere gebeugt, mit rissiger, rauer, graubrauner Borke. An einigen Stämmen hatte sich Efeu bis nach oben gewunden. Da und dort zeigte sich junges Blattgrün. Die Zweige waren dick besetzt mit klebrigen, geschwollenen Knospen, die jeden Moment aufbrechen konnten. Die Sträucher im Unterholz waren schon gänzlich begrünt. Auf einem Strauchblatt sonnte sich ein Marienkäfer, den sie wegen seines leuchtenden Rots nicht übersehen hatte. Sie ließ ihn eine kurze Weile über ihre Hand spazieren und setzte ihn dann behutsam auf das Blatt zurück.

Was Hanna sah, übertraf all ihre Erwartungen. Der Waldboden war über und über bedeckt mit Teppichen von weiß und gelb blühenden Buschwindröschen, die mit ihren dreigeteilten, handförmig gespreizten Blättern das alte Laub des Vorjahres fast vollständig verdeckten. So weit das Auge durch die Bäume reichte, dicht an dicht dieses weiß-gelbgrüne Blumenmeer, herrlich anzusehen!

Als sie dann schließlich das Meer in seiner ganzen Weite vor sich sah mit leichtem Wellengang und den schneeweißen Schaumkronen auf den blaugrünen Wassern, stand sie eine Weile wie angewurzelt. Welch schönes Bild! Sie nahm es begierig in sich auf und atmete tief die würzige reine Luft ein, die den Geruch von Tang in sich trug. Das gellende Geschrei der Möwen und das Rauschen des Meeres klangen in ihren Ohren zusammen wie eine gewaltige Sinfonie.

Plötzlich rannen Tränen über ihre Wangen. Sie liefen und liefen und der Tränenstrom wollte nicht enden …
Eine fremde Frau fragte fürsorglich, ob Hanna Hilfe brauche. Sie schüttelte den Kopf und winkte lächelnd ab:
„Es sind Freudentränen."

Die vielen wilden Schwäne am Ufersaum räkelten sich in der Sonne. Was für anmutige Tiere! Hanna konnte ganz dicht an sie herangehen und sie betrachten, wie es auch viele andere Leute taten.
Sie genoss es, dass der leichte Seewind ihr ins Gesicht blies, sie unablässig streichelte und ihr Haar zauste.
Unmittelbar am Wasser war der feuchte Sand in seiner Festigkeit wie geschaffen zum Laufen. Hanna nutzte die Zeit und das angenehme Frühlingswetter aus, lief kilometerweit am Strand entlang, bis es Zeit wurde umzukehren und an das Abendessen im Hotel zu denken.
Sie brachte eine Schwanenfeder, drei Möwenfedern und zwei schöne bunte Steine mit ins Zimmer. Diese kleinen Schätze drapierte sie rund um Siegfrieds Bild auf ihrem Schreibtisch.

Bevor sie zum Abendessen ging, brachte sie ihre Haare in Ordnung, legte etwas dezentes Rot auf die Lippen und warf einen prüfenden Blick in den Spiegel.
Das kalte Büfett im Speisesaal war liebevoll angerichtet und sehr reichhaltig. Wirklich niemand konnte daran herummäkeln. Hanna hatte schon mittags ihre Tischnachbarn am Vierertisch kurz kennengelernt und freute sich, sie jetzt wiederzusehen, fast wie alte Bekannte unter den sonst fremden Hotelgästen: ein älteres Ehepaar aus dem Harz,

eine alleinstehende Dame aus Berlin. Sie schienen völlig unkompliziert zu sein und von natürlicher Herzlichkeit. Hanna hatte Appetit ...

Die vier waren so sehr in ihr anregendes Gespräch vertieft, dass sie nicht merkten, wie sich nach und nach der Speisesaal leerte. Als letzte brachen sie auf.

Hanna hielt sich auch an den folgenden Tagen nach dem Abendessen meist noch eine Weile mit der Berlinerin im Foyer auf. Die orangefarbenen breiten Ledersessel waren sehr bequem und man konnte sich hier angenehm unterhalten. Hanna fühlte sich wohl in Gegenwart dieser Dame, die ihre Mutter hätte sein können. Gisela war schon 85, noch gut zu Fuß, klein und schlank, äußerst vital und unternehmungslustig. Mit jedem Tag erfuhren die beiden Frauen etwas mehr voneinander. Gisela hatte ihren Mann schon vor 30 Jahren verloren und lebte seitdem allein. Das ähnlich Erlebte machte es beiden Frauen leicht, aufeinander zuzugehen, Interesse und Verständnis füreinander aufzubringen.

Hanna trat auf den Balkon. Es hatte sich empfindlich abgekühlt. Sie hörte das nahe Meer rauschen. Die untergehende Sonne konnte sie nicht sehen, aber für kurze Zeit färbte sich der Himmel glutrot, bevor die Dämmerung der Nacht wich. Der Fernseher blieb aus. Müde vom Wandern ging Hanna zeitig zu Bett. Fast zwölf Stunden schlief sie tief und fest durch, wie schon seit langer Zeit nicht mehr.

Die Tage vergingen wie im Fluge. Schon morgens in aller Frühe ließ Hanna im Kellergeschoss täglich ihre zwei Behandlungen über sich ergehen, die im Reisepreis inbegriffen waren. Sehr angenehm!

Der Kurarzt hatte ihr klassische Massagen, Moorpackungen, Magnetfeldtherapie und Perlbäder verordnet. Alle Physiotherapeuten sprachen fließend Deutsch. Es hörte sich gut an, wenn die jungen Frauen in ihren weißen Hosen und Kitteln sie mit dem typisch polnischen Akzent freundlich ansprachen. Wenn ihr Jadwiga vorsichtig die warme Moorpackung auf den Rücken legte, fragte sie: „Frau Hanna, iss gutt so? Nicht zu heiß? Bittaschön!"

Aber Hanna selbst tat sich schwer mit der polnischen Sprache. Außer BITTE und DANKE und GUTEN TAG brachte sie kein anderes Wort über die Lippen.

Die ältere Angestellte, die die Wannen und Inhalationsgeräte zurechtmachte, trällerte den ganzen Tag ein Lied nach dem andern. Die reinsten Arien! Aber sie sang sehr schön, es war eine Freude, ihr zuzuhören. Schnell hatte sie bei den Kurpatienten ihren Spitznamen weg: Valeska, die Operndiva! Und alle waren sich einig: Stanislav, der Masseur, ist einfach Klasse, der beherrscht sein Handwerk wie kein anderer!

Nach den morgendlichen Prozeduren ging's zum Frühstück. Die Köchin stand bereit, jedem nach Wunsch ein Rührei oder Spiegelei zu bereiten. Die Kellner flitzten, damit das Büfett immer gut gefüllt war. Es fehlte an nichts, ob Wurst, Käse oder Fisch, gekochte Eier, Obst oder Gemüse. Im Wärmebehälter dampften heiße Würstchen. Eine Schüssel mit gebräunten Zwiebeln und Apfelstücken im ausgelassenen Fett stand neben dem Topf mit sauren Gurken. Hanna hielt sich lieber an Müsli, Quark und Obstsalate. Den Kaffee allerdings trank sie nur ein einziges Mal. Er schmeckte ekelhaft. So füllte sie sich lieber Tee in ihre Tasse.

Wie immer ließ sie sich Zeit und kaute bewusst langsam. Sie vergaß keine Mahlzeit wie so oft zu Hause, wenn sie keinen Hunger und keine Lust zum Kochen hatte oder um für sich allein etwas anzurichten.

Wie schön, sie musste sich hier um nichts kümmern. Kein Einkauf, keine Essenzubereitung, kein Abwasch, kein Putzen! Aber sie nahm sich fest vor, zu Hause wieder mehr Ordnung und Regelmäßigkeit in ihren Tagesablauf zu bringen.

Hanna verspürte zu keiner Zeit Langeweile. Gleich nach dem Frühstück steckte sie Siegfrieds Foto in ihre Handtasche und zog los. Nach und nach erschloss sie sich die Umgebung des Kurviertels und wanderte stundenlang am Meer entlang. War es zu stürmisch, bevorzugte sie die Promenade, die sich kilometerlang hinzog und die durch die hohe Uferböschung, durch Sträucher und Bäume geschützt war. In diesem Bereich entdeckte sie kaum ein Wohnhaus, nur Sanatorien, Hotels, Kurhäuser und Gaststätten. Am östlichen Ortsende wird weitergebaut. Sie zählte sechs riesige Kräne auf einer Baustelle. Und was da halbfertig an neuen Einrichtungen vor ihr stand, konnte sich sehen lassen.

Viele Cafés hatten schon Tische und Stühle ins Freie gestellt. Hier verweilte sie kurz, trank einen heißen Tee, warf einen Blick auf das Foto in ihrer Handtasche, und in Gedanken sprach sie mit ihrem Mann. Gern spazierte sie bis zum Leuchtturm im Hafenviertel. Einmal wagte sie sogar eine halbstündige Ausfahrt mit dem farbenprächtigen Piratenschiff. Obwohl kein hoher Wellengang war, ließ der Kapitän sicher absichtlich das Schiff hin und her, auf und nieder schwanken.

Sie musste sich mit aller Kraft am Geländer festhalten, um nicht von der Bank zu rutschen…

Die breite Seebrücke, die weit ins Meer hinaus reichte, war immer gut besucht. Links und rechts auf ihr standen hohe Laternen mit großen, weißen Kugelleuchten, auf denen die Spuren von Möwenkot nicht zu übersehen waren. Mitten auf der Brücke befanden sich Sitzbänke, die paarweise aneinander gelehnt waren und von denen man bis zum Leuchtturm und zum Hafen sehen konnte oder in entgegengesetzter Richtung bis zum östlichen Ortsende. Durch die Ritzen der Brückenbodenplanken schaute man direkt aufs Wasser, was besonders bei stärkerem Wellengang das Gefühl vortäuschte, man stehe auf einem schwankenden Schiff.

Es war für Hanna ein tägliches Bedürfnis, den zentralen Platz an der Seebrücke aufzusuchen, an dem sich die Kurpromenade und der Weg aus dem Kurviertel kreuzten. Er war nicht besonders groß, lud aber auf magische Weise zum Verweilen ein.

Auf den niedrigen Mauerbegrenzungen boten rustikale, dunkelbraune Planken vielen Leuten eine Sitzgelegenheit. Die Aprilsonne wärmte schon etwas. Es war ein lustiges Bild: Viele Urlauber saßen da, stumm und mit geschlossenen Augen, alle hoben ihr Gesicht in die gleiche Richtung – der Sonne zugewandt. Zwischen den Bänken standen zahlreiche Verkaufsbuden, die neben maritimen Andenken auch andere Dinge boten: Schmuck- und Lederwaren, viel Bernstein, Glas- und Porzellan, Obst und Gemüse, Süßigkeiten, Kosmetik- und Drogerieartikel, Regenschirme, Schuhe, Sportartikel, Haushaltsgegenstände, Ansichtskarten, Spielwaren, Kunstgewerbe, Textilien.

Sie öffneten an allen sieben Tagen der Woche, geschlossen wurde erst mit der hereinbrechenden Dunkelheit. Hanna sah sich alles aufmerksam an, ohne etwas zu kaufen. Für sich selbst brauchte sie nichts, sie hatte ja alles. Für Gerda würde sie sicher noch ein Mitbringsel finden.

Hier kamen auch die Wolkengucker voll auf ihre Kosten. Hanna konnte sich nicht erinnern, je einen Himmel gesehen zu haben, der sein Bild so schnell wechselte. Er konnte mit dunklen Wolken verhangen sein, die wahnsinnig schnell davonflogen und dreißig Minuten später zeigte sich ein wolkenloser, strahlend blauer Himmel oder er war mit skurrilen weißen Haufenwölkchen übersät.

Zum Glück fiel tagsüber kein einziger Tropfen Regen. Aber an manchem Morgen standen vom nächtlichen Regen noch die Pfützen auf dem Platz, die sich jedoch durch Wind und Sonne schnell verflüchtigten.

Den alten quadratischen Gehwegplatten, mit denen der Platz gepflastert war, würde eine Auswechslung gut tun. Aber vielleicht ist ja das Stadtsäckel leer und es reicht nicht dafür, den Platz zu erneuern und die Stolperstellen zu beseitigen.

Möwen umkreisten ständig diesen Ort, darauf erpicht, von spendablen Urlaubern etwas Essbares zu erhaschen. Dann stürzten sie sich gierig mit Geschrei darauf. Auch Sperlinge und Krähenvögel saßen auf den nahen Sanddornsträuchern und Bäumen auf der Lauer, einen Rest der Krümel für sich zu ergattern.

Das besondere Flair des Platzes wurde durch verschiedene kulturelle Darbietungen aufgewertet – Straßentheater aller Genres. Von morgens bis abends waren die sich abwechselnden Darsteller in Aktion.

Sie boten teils sehr anspruchsvolle Programme mit Gesang und verschiedenen Instrumenten: Geige, Keyboard, Akkordeon. Sie reichten von Klassik über Folklore bis hin zum Shanty. Mitunter ließ sich ein Leierkastenmann sehen, fein herausgeputzt mit Hut, Anzug und Fliege und drehte seine Orgel. Der besondere Gag: Auf dem Leierkasten saß ein gezähmter Wellensittich, nahm mit seinem Schnabel den Spendern die Münzen ab und ließ sie in einen kupfernen Becher fallen.

Von fast allen Stellen des Platzes aus hatte man einen freien Blick über den breiten, feinsandigen Strand und das Meer.

Stets von Interessenten umringt waren die Stellagen und Staffeleien der Kunstmaler, die hier an manchen Tagen im Freien ihre kleinen und großen Gemälde ausstellten.

Talentierte Straßenmaler boten ihre Dienste an, im Schnellverfahren Porträts oder Karikaturen von den Urlaubern anzufertigen. Für die Werke einer älteren Malerin interessierte sich Hanna besonders. Schon mehrmals war sie ihr aufgefallen. Sie zeigte in ihrer Ausstellung nicht nur die fertigen Bilder, sondern auch das Foto, das sie als Vorlage benutzt hatte. Wirklich, fantastisch gute Porträts waren das!

Hanna kam mit der Dame ins Gespräch und kramte das Foto ihres Mannes heraus.

„Ja, das ist gutt, sehr gutt. Ich möchten probieren, ja? Groß oder klein? Kostet Color 85 Zloty. Okay? – Aber machen nicht schnell. Nicht hier auf Straße. Ich malen drei Tage zu Hause."

Hanna zögerte eine Weile. Ungern gab sie das Foto ihres Mannes aus der Hand. Aber sie wollte schließlich das Risiko wagen. Wenn das Bild auch so gut würde wie die hier ausgestellten, dann würde sie ein Kunstwerk von allererster

Güte mit nach Hause nehmen. Wo in Deutschland würde ihr das ein Maler für umgerechnet 24 Euro malen? Nirgends! Die beiden Frauen tauschten ihre Adressen und Telefonnummern aus und vereinbarten den Abholtermin für das Porträt in drei Tagen im Hotel.

Für ihre Freundin fand Hanna nach langem Suchen ein Mitbringsel. Gerda, die zu ihren Kostümen und T-Shirts gern Seidenschals und Tücher trug, würde sich sicher über ein neues Stück freuen. Hier war die Auswahl modischer Schals so riesig, dass sie es beim Kauf schwer hatte, sich zu entscheiden.

Natürlich war das historische Stadtzentrum Ziel eines Spaziergangs. Die farbenfroh restaurierten Fassaden der Bürgerhäuser gefielen ihr besonders gut. Der Stadtpark war sehenswert. In leuchtendem Gelb standen die Forsythiensträucher. Überall begann das Blühen. Das zarte Rosa der Rhododendronblüten und das Sattgrün der Strauchblätter taten dem Auge gut. Die Wiesen füllten sich mit Gänseblümchen und Löwenzahn. Und über allem meistens Sonnenschein. Was hatte sie doch für ein Glück, das alles sehen und erleben zu dürfen!

Wenn Hanna Lust zum Reden verspürte, fanden sich immer nette Gesprächspartner, ob im Hotel, auf der Straße, im Park, am Strand oder in den Straßencafés. Einige Ausflüge machte sie gemeinsam mit Gisela, der Berlinerin. Sie hatte auch genug Zeit, ganz mit sich allein zu sein und ihren Gedanken nachzuhängen. Sehr angetan war sie von der Freundlichkeit und Hilfsbereitschaft polnischer Menschen. Einmal, im Café, sprach sie ein polnischer Bürger an:

„Sie deutsch? Kennen Sie polnisch Heißbier mit Bienenhonig? - Nein? - Sie müssen probieren!"

Er schob seinen Keramikkrug zu ihr hin. Hanna wollte nicht unhöflich sein und nippte daran.

„Oh ja, das schmeckt gut!"

Schon rief der Mann den Kellner und bestellte für Hanna ein Honigbier, noch ehe sie abwehren konnte.

„Ich schenken Pamjatki für Sie von heute Tag. Wenn Wetter kalt, sie müssen trinken Honigbier!"

Hanna lachte und bedankte sich. Eine wohlige Wärme durchströmte ihren Körper, nachdem sie das schmackhafte Bier getrunken hatte. Sie stand auf und verabschiedete sich freundlich.

Abends war Hanna immer todmüde und konnte sich nicht mehr zu Spaziergängen aufraffen. Sie hörte nur kurz die Nachrichten und den Wetterbericht und schlief immer schnell ein. Aber an einigen Abenden nutzte sie die kulturellen Angebote des Hauses. Wo sonst bot sich ihr noch einmal die Gelegenheit, den berühmten Knabenchor „Katedralny Chor Chlopiecy" zu erleben. Es wurde ein fantastischer Abend hoher Musikkultur, an dem sie sich bei Kerzenschein und einem Glas Rotwein diese wunderbaren Gesänge anhörte, Kompositionen von Bach, Brahms, Rachmaninow und anderen Komponisten. Begeistert von diesem Klangerlebnis kaufte sie zwei Disketten dieses Chors, eine für Gerda und eine für sich.

Ebenso beeindruckend war der Folkloreabend. Vier junge Tanzpaare in polnischen Trachten boten Volkstänze und Lieder in einem atemberaubenden Tempo, voller Stimmgewalt und Lebensfreude.

Nach einer kurzen Pause erschienen sie jedes Mal in der Tracht einer anderen polnischen Region. Dieser Abend war Balsam für Hannas Ohren und eine einzige Augenweide.

Sehr angetan war sie vom Klassikabend, den eine ukrainische Musikerfamilie gestaltete. Die solistischen Leistungen der Pianistin und des Geigers waren Spitze und auch die Tochter reichte schon qualitätsmäßig an die Leistungen ihrer Eltern heran. Sie spielte Geige und sang. Als sie mit ihrer klaren, warmen wohlklingenden Stimme Gershwins „Wiegenlied von Klara" darbot, bekam Hanna vor lauter Rührung eine Gänsehaut.

Jedes Mal hatte Tischnachbarin Gisela für alle am Tisch die Karten besorgt und so saßen sie auch abends zu viert zusammen.

An sieben Tagen der Woche war in der Café-Bar des Hotels Tanz mit Livemusik, aber dafür hatte Hanna wirklich kein Interesse. Doch weil die Tür zur Bar offen stand, schaute sie einmal neugierig in den Tanzsaal hinein und war erstaunt: Fast alle Plätze in der Bar waren besetzt. Ein ausgelassen fröhliches Völkchen hatte sich hier versammelt. Die tolle Stimmung war nicht zu übersehen noch zu überhören. Am Temperament der Tänzer erkannte Hanna schnell: Das waren in der Überzahl polnische Urlauber. Sie stampften rhythmisch zur Musik mit ihren Absätzen, jauchzten, sangen fröhlich mit, lachten und klatschten in die Hände.

Plötzlich trat ein gut gekleideter Mann an Hanna heran und fragte: „Tanzen wir?"

Sie war überrascht und etwas verdattert, schüttelte schnell den Kopf und sagte: „Nein, danke! Ich wollte nur einen Moment zusehen."

Zurück im Zimmer, lächelte sie vor sich hin. Sie konnte es kaum glauben: Ein fremder Mann wollte mit ihr tanzen! Warum eigentlich hatte sie dem Mann einen Korb gegeben? Früher war sie oft und gern mit ihrem Siegfried tanzen gegangen.

Hanna schaltete das Radio an und probierte herum, bis sie einen Musiksender hatte. Dann nahm sie ihren Stockschirm und tanzte mit ihm durch das Zimmer.

Hanna konnte es kaum erwarten, zum vereinbarten Treff mit der Malerin Joanna zu gehen, um das Porträt ihres Mannes abzuholen. Doch niemand erschien zum Treff.

Hanna war sehr enttäuscht, wollte aber die Malerin nicht anrufen. Es erschien ihr zu schwierig, weil sie der polnischen Sprache nicht mächtig war. Lieber wollte sie noch einen Tag warten. 20.00 Uhr abends, sie hatte sich gerade ins Bett gelegt, klingelte das Zimmertelefon.

„Ja?"

„Hier ist Joanna mit Porträt. Unten im Foyer."

„Einen Moment, ich liege schon im Bett."

„Oh, bitte, Entschuldigung!"

Schnell zog sich Hanna an, nahm ihr Portemonnaie und fuhr mit dem Fahrstuhl zur Hotelhalle.

Joanna wiederholte:

„Bitte Entschuldigung! Meine Mutter, schon 90 Jahre, stürzen auf Boden. Ich Arzt holen und dann Spital."

Hanna nickte verstehend und nahm zuerst das Foto ihres Mannes wieder an sich.

Die Malerin nahm auf dem Ledersofa Platz und bedeutete Hanna, sich ebenfalls zu setzen. Dann legte sie die Zeichenmappe aus festem Karton vor sich auf den niedrigen Tisch:

„Bitte Sie öffnen!"

Zaghaft schlug Hanna die Mappe auf ...

Ja! Ja! Das war er! Ihr Siegfried, der ihr zulächelte. Ein Schluchzer entfuhr ihr und die Augen füllten sich mit Tränen.

„Wunderbar haben Sie das gemacht! Wunderbar!"

Spontan umarmte Hanna die Malerin: „Danke! Dankeschön! Dziękuję! Dziękuję bardzo!"

Sie wischte sich mit der Hand die Tränen weg und bezahlte, gab noch ein Trinkgeld dazu und verabschiedete sich überglücklich: „Alles Gute für Sie! Gesundheit für Ihre Mutter! Do widzenia!"

Im Zimmer malte sich Hanna aus, welcher Rahmen zum Porträt passen könnte und sie wusste auch gleich, an welcher Stelle in ihrer Wohnung sie das Bild aufhängen wollte.

Sie dachte: „Niemand auf der Welt kann mir wegnehmen, was ich über viele Jahre auf der Habenseite meines Lebens gespeichert habe. Meine Erinnerungen. Niemand! Niemand! Auch nicht der Tod!"

Es war kaum zu glauben, nur noch wenige Tage bis zum Ende des Urlaubs. Zu schnell war die Zeit vergangen. Von Tag zu Tag war Hanna mehr aufgeblüht. Eigentlich sah sie bewusst alles mit vier Augen, mit den eigenen und mit den Augen ihres verstorbenen Mannes. In Gedanken ließ sie ihn teilhaben an ihren Erlebnissen und Empfindungen, in jedem Augenblick. Sie hatte so viel gesehen:

Sie sah den fliegenden Schwänen nach und den schreienden Möwen in den Rachen. Sie sah in den Ofen der Fischräucherei, als Holzscheite nachgelegt wurden.

Vorm Hotel erblühte der Magnolienbaum und am Fluss die Weidenkätzchen. Sie sah die klaren Spiegelbilder der Wildenten im seichten Wasser am Ufersaum und wie die Wassertropfen nach der Regennacht an den Zweigen der Sträucher und Bäume in der Sonne glitzerten. Sie sah dem Treiben der Sperlinge zu und beobachtete die lärmenden Elstern in den Baumkronen.

Sie sah ein weißes Segelschiff in der Mittagssonne, die bunten Wimpelketten am Wikingerschiff und einen von Möwen umkreisten Fischkutter heimkehren. Sie sah einen prächtigen Regenbogen über dem Meer, das Morgenrot und das Abendrot. Sie sah ihre Fußspuren im Sand und die Wunden der Erosion an den Uferhängen des Meeres. Beeindruckend, wie schnell hier die Wolken jagten, wie sich die See vom Blau ins Dunkelgrün verfärbte und die Gischt über das Brückengeländer spritzte. Faszinierende Bilder im steten Wechsel!

Hanna bemerkte, dass die polnischen Frauen sehr viel Wert auf ein gepflegtes Äußeres legen und dass die polnischen Männer sonntags im Restaurant alle Anzug und Krawatte trugen. Beim Spaziergang fiel ihr auf, dass etliche polnische Familien viele Kinder hatten. Sie sah Schulklassen an ihren Wandertagen überaus diszipliniert und ordentlich in der Reihe gehen und wie die Kinder freudig auf Pferden durch den Kurpark ritten. Am Spielplatz blieb sie immer eine Weile stehen und erfreute sich an der quirligen Lebendigkeit der Kleinen.

Sie übersah nicht die tiefen Falten im Gesicht einer alten Frau, die am Straßenrand Bienenhonig und Handarbeiten anbot. Sie sah die vielen Windlichter und frischen Blumen am Denkmal der Sanitäterin und des gefallenen Soldaten. Sie sah die lange Schlange wartender Taxis neben der Basilika und wie sich die Tauben in Scharen emsig auf dem Rathausplatz tummelten. Die Stadtgärtner richteten die Pflanzschalen her. Eine mit Urlaubern besetzte Bimmelbahn rumpelte an ihr vorüber. Auch in dieser Stadt präsentierte sich Coca-Cola mit riesigen Reklameplakaten. Deutsche Handelsketten machten sich breit. Hanna entdeckte auf ihren Streifzügen durch die Stadt die Filialen von Kaufland, Lidl, Rossmann und Netto, aber sie ging dort nicht hinein, sondern sah sich lieber andere Hotels von innen an oder hielt sich am Meer auf.

Die meisten Urlauber waren vielleicht in einem Alter zwischen 60 und 100, also meistens Rentner, etwa zur Hälfte polnische und zur Hälfte deutsche Kurgäste. Hanna sah und sah und sah noch viel mehr …

Abends blickte sie prüfend in den Spiegel und war mit sich zufrieden. Eine leichte Bräunung ihres Teints war ihr schon nach wenigen Tagen aufgefallen. Kein Wunder, war sie doch täglich mindestens sechs bis sieben Stunden im Freien unterwegs. Und vielleicht hatte sie auch etwas zugenommen. Das blieb nicht aus bei diesem Verwöhnprogramm und der guten Küche!

Vier Tage vor der Heimfahrt klingelte abends das Zimmertelefon.

„Sag mal, gibt es dich noch? Schon mehrmals habe ich angerufen und dich nie erreicht!"

Gerda hörte sich an, als spräche sie aus dem Zimmer nebenan, ganz klar und deutlich.

„Entschuldige, dass ich dich nicht angerufen habe. Ich habe auch niemandem eine Ansichtskarte geschrieben. Zu Hause werde ich dir alles erzählen."

„Ich will nicht lange telefonieren, sondern nur wissen: Was bekomme ich von dir nach deiner Rückkehr? Ein Küsschen oder Schelte?"

„Ach, meine liebe Gerda, Ich glaube, du bekommst …", Hanna machte absichtlich eine lange Pause, „mehrere Küsschen. Und du kannst schon mal anfangen zu sparen! Ich möchte gern im Herbst noch einmal mit dir zusammen hierher fahren. Die zwei Wochen waren viel zu kurz."

„Ich werde die Heizung in deiner Wohnung anstellen und ein bisschen was einkaufen, bevor du kommst. Ich freue mich auf dich und wünsche dir eine gute Heimfahrt."

An Heimfahrt wollte Hanna noch gar nicht denken. Doch sie machte schon mal Kassensturz. Sie beschloss, ihre übrigen Zlotys nicht in Euro zurückzutauschen, sondern sie denen zukommen zu lassen, die sich mit so viel Einsatz und Herzlichkeit um ihr Wohlbefinden bemüht hatten, wusste sie doch, dass deren Entlohnung eher bescheiden war.

Sie dachte an ihren Masseur, der sie jeden zweiten Tag so durchwalkte, bis ihm die Schweißperlen auf der Stirn standen. Sie dachte an die Köchin, die aufmerksamen Kellner, die Dame an der Rezeption, an die Zimmerfrauen und Physiotherapeutinnen. Einige Zlotys würde sie für die nächsten Tage und für den Kofferträger zurückhalten.

Hanna schrieb ein paar anerkennende Worte ins Gästebuch. Ihre Tischnachbarn freuten sich darüber und setzten nur schwungvoll ihre Namen darunter.

Die verbleibenden Tage vor der Heimreise wollte Hanna gut nutzen. Sie gönnte sich eine Fußpflege und besuchte den Frisör. Und natürlich wollte sie die meiste Zeit am Meer entlang wandern. Das gleichmäßige Plätschern der Wellen empfand sie als sehr wohltuend. Gern ruhte sie einige Zeit in einem Straßencafè aus, schlürfte ihren heißen Tee und hörte dem Akkordeonspieler zu. Wie er es nur aushielt, so viele Stunden im Freien pausenlos zu spielen! Bei diesen Temperaturen mussten doch seine Finger klamm werden! Immer trug er ein breites Lächeln auf dem Gesicht. Er freute sich, wenn ihm die Vorübergehenden ein paar Münzen in den Kasten warfen, egal ob Zlotys, Groschen oder Cents.
Hier lernte Hanna Leon und Ewa kennen, die seit 20 Jahren in Hamburg lebten und arbeiteten, aber über all die Jahre ihre Wohnung in Kolberg behielten und regelmäßig an den Wochenenden oder im Urlaub hierher zurückkamen, zu allen Jahreszeiten. Sie interessierten sich sehr dafür, welche Eindrücke Hanna während ihres Urlaubs gesammelt und welche Meinung sie von den polnischen Menschen hatte. Hanna war in jeder Beziehung voll des Lobes und geriet regelrecht ins Schwärmen. Das freute die beiden sehr.

Am Abend wagte Hanna erneut einen Blick in die Tanzbar. Obwohl die Tür offen stand, waren die rhythmischen Klänge von angenehmer Lautstärke. Nichts dröhnte in den Ohren. Wieder war sie fasziniert von der ausgelassenen Fröhlichkeit der Tanzenden.

Sie entdeckte unter ihnen den Mann, dem sie vor wenigen Tagen einen Korb gegeben hatte. Sie ging auf ihn zu: „Tanzen wir?", fragte sie ihn, ihren ganzen Mut zusammennehmend. Sie war selbst erstaunt über das, was sie tat.

Es war, als hätte sie ein Unsichtbarer an die Hand genommen und dorthin geführt, wo sie jetzt stand.

„Oh Gott, wenn ich jetzt einen Korb bekomme, wie peinlich!", dachte sie. Aber der Mann schien nicht nachtragend zu sein, er führte Hanna auf die Tanzfläche. Schnell merkte sie, dass dieser Herr ebenso gut tanzen konnte wie Siegried. Er hatte eine sympathische Ausstrahlung und trotz seines reifen Alters etwas Jungenhaftes an sich. Und er roch gut.

Hanna sinnierte, warum er hier wohl allein Urlaub machte, aber sie wagte nicht, ihn danach zu befragen.

„Sie tanzen wunderbar leicht", lobte er und lächelte sie an. Hanna fühlte sich geschmeichelt. Trotz der guten Stimmung wollte sie es nicht übertreiben und nicht bis zum Ende bleiben, denn die langen Spaziergänge am Meer sorgten für eine gewisse Abendmüdigkeit. Als sie sich verabschieden wollte, bat er: „Bleiben Sie doch noch!"

Sie schüttelte den Kopf. Er hielt ihre Hände eine Weile fest und fragte: „Kommen Sie morgen wieder?"

Hanna merkte, wie sie errötete und sagte: „Ich weiß es noch nicht. Vielleicht."

Dann ging sie auf ihr Zimmer. Es war eine wohltuende Erfahrung für sie, dass sie an diesem Abend ihren eigenen Schatten übersprungen hatte.

Am meisten freute sich Hanna auf das Abendkonzert im großen Saal des Rathauses, zwei Tage vor Ende ihres Urlaubs. Ihre Tischnachbarin Gisela hatte wie immer für alle die Karten besorgt.

Sie fuhren mit dem Taxi hin und waren erstaunt, dass eine halbe Stunde vor Konzertbeginn schon fast alle Plätze besetzt waren. Die freundlichen Damen am Einlass bemühten sich, dass sie noch einen Platz fanden und auch nebeneinander sitzen konnten.

Ein sehr junges Orchester und die Solisten gaben ihr Bestes. Das sachkundige Publikum sparte nicht mit Beifall. Das Programm war gut zusammengestellt. Musik zum Träumen, Musik zum Genießen! Sinfonien berühmter Komponisten wurden dargeboten. In der Pause gönnten sich Hanna und Gisela ein Glas Sekt. Dieser Abend war zweifelsfrei ein schöner Höhepunkt kurz vor dem Urlaubsende.

Hannas Mann war ein Klassikfan gewesen. Oft saßen sie abends auf dem Sofa zusammen und ließen einen anstrengenden Tag mit Musikhören ausklingen. Er hatte auch sie mit seiner Liebe zur Klassik angesteckt.

War es Zufall oder ein Fingerzeig des Schicksals, dass im zweiten Teil des Konzertes die „Sinfonie mit dem Paukenschlag" von Joseph Haydn gespielt wurde? Schon bei den ersten Klängen lief Hanna ein Schauer über den Rücken. Die Erinnerung an das schlimmste Ereignis in ihrem Leben wurde übermächtig. War es doch genau diese Sinfonie, die sie mit ihrem Mann am Abend vor seinem Herzinfarkt gehört hatte. Ihr letztes gemeinsames Musikerlebnis!

Hanna spürte plötzlich Tränen aufsteigen. Im Hals bildete sich ein Kloß, der immer größer zu werden schien und der sie am Schlucken hinderte. Sie glaubte, keine Luft mehr zu bekommen. Ihre Nase begann zu laufen.

Von Minute zu Minute stärker werdend spürte sie den Verlustschmerz so intensiv wie an dem Tag, als Siegfried für immer von ihr gehen musste. Nun war sie nur noch darauf bedacht, dass niemand von den Konzertbesuchern ihr plötzliches Chaos der Gefühle bemerkte. Aber es gelang ihr nicht. Die Tränen flossen unaufhörlich. Besorgt und fragend sah Gisela sie an.

Für Hanna war es eine Erlösung, als der letzte Satz der Sinfonie verklungen war und der Beifall aufbrauste. Schnell erhob sie sich und verließ wortlos und eilig den Saal, holte ihre Garderobe und nahm das erste Taxi zum Hotel.

Im Zimmer angekommen, weinte sie hemmungslos.

Hanna hatte nur noch einen Wunsch: Nach Hause! Nach Hause! Nicht mehr nur Siegfrieds Foto ansehen, sondern ihm ganz nah sein, sein Grab besuchen. Sofort! Sofort! In Windeseile packte sie ihre Sachen in den Koffer und ging zum Fahrstuhl. An der Rezeption warf sie ihren Schlüssel ein und fragte, ob noch eine Rechnung von ihr offen sei.

Patrycja sah sie erschrocken an und fragte: „Was ist passiert? Wohin wollen Sie jetzt mit dem Koffer zu dieser späten Stunde?"

„Zum Bahnhof. Ich muss nach Hause."

Patrycja bemerkte, dass Hanna geweint hatte.

„Nachts fährt kein Zug, erst morgen wieder. Auf dem Bahnhof ist es kalt und zugig. Das geht überhaupt nicht! Soll ich einen Arzt rufen?"

„Nein, nein, das ist nicht nötig!"
Patrycja kam hinter dem Tresen hervor, nahm den Koffer, schob Hanna in den Fahrstuhl und brachte sie bis an ihr Zimmer.
„Schlafen Sie eine Nacht! Morgen klären wir das Problem, ja? Nicht jetzt!"
Nach und nach trudelten die Konzertbesucher im Hotel ein. Gisela fragte, ob Hanna schon zurück sei und schaute ans Schlüsselbrett. Der Schlüssel hing nicht dort, also musste sie im Zimmer sein. Patrycja, die die beiden Frauen allabendlich im Foyer zusammen in angeregtem Gespräch gesehen hatte, erzählte Gisela, was sie soeben erlebt hatte. „Irgendetwas Schlimmes muss passiert sein. Ihre Freundin war völlig aufgelöst und verwirrt. Ich glaube, sie hatte eine Panikattacke. Sehen Sie bitte noch einmal nach ihr, vielleicht braucht sie Hilfe. Warum will sie zwei Tage vor Ende des Urlaubs so plötzlich nach Hause fahren?"

Als Gisela an Hannas Zimmer klopfte, sagte niemand „Herein". Sie drückte die Klinke. Das Zimmer war nicht abgeschlossen. Hanna saß angezogen auf ihrem Bett, in sich gesunken mit stumpfem Blick, neben sich ihren gepackten Koffer. Gisela war klar, dass nichts passiert war. Hanna hatte sich doch so auf das Konzert gefreut. Eine schlechte Nachricht konnte sie auch nicht bekommen haben, noch geschah etwas während des Konzertes. Gisela setzte sich zu ihr aufs Bett: „Jetzt erzählen Sie mir bitte, warum Sie aus dem Konzert gerannt sind! Was ist los?" Ihr Tonfall duldete keinen Widerspruch. Doch es fiel Hanna schwer zu antworten. Da kam wieder dieses Zittern über sie und die Tränen liefen erneut.

Mühsam brachte Hanna schließlich heraus, was der plötzliche Grund ihrer unbändigen Sehnsucht war, ihrem Mann nah zu sein.

Sie erzählte, dass die Haydn-Sinfonie das letzte Musikstück war, das sie gemeinsam einen Tag vor seinem Tod gehört hatten.

„Was habe ich hier überhaupt zu suchen? Hier in diesem fremden Land! Hier bei den fremden Leuten! Wieso hat es mir Spaß gemacht, mit einem fremden Mann zu tanzen und mich zu vergnügen? Ich bin so egoistisch, klein und erbärmlich!"

Unvermittelt ging Gisela zum Du über: „Nein, nein! Das bist du nicht!" Sie nahm Hanna in die Arme: „Ach Kindchen, Kindchen! Wie sehr ich dich verstehe!"

Und nach einer Weile fügte sie hinzu: „Aber du musst versuchen, das Unbegreifliche zu begreifen und das Unabänderliche zu akzeptieren und zu ertragen, denn du hast doch keine andere Wahl! Glaub mir, der Schmerz wird nie ganz verschwinden, aber er wird von Jahr zu Jahr nachlassen. Das Leben hält noch viele schöne Dinge für dich bereit. Davon bin ich fest überzeugt. Schau nach vorn! Du hast ein Recht zu leben, zu lieben, zu lachen und glücklich zu sein. Keinem nützt es, wenn du dich in Selbstmitleid vergräbst."

Langsam beruhigte sich Hanna. Die Umarmung tat ihr gut. Sie fühlte sich wie ein Kind, das in den Armen der Mutter Schutz sucht, Verständnis und Trost findet.

Gisela fragte: „Möchtest du, dass ich heute Nacht bei dir schlafe?"

„Nein, nein, danke!", erwiderte Hanna, „es geht schon wieder."

Gisela fragte nicht lange. Bevor sie ging und sich Hanna bettfertig machte, nahm sie den Koffer und räumte alle Sachen wieder in den Schrank zurück.

Nur Siegfrieds Foto und die Porträtzeichnung beließ sie im Koffer und stellte ihn auf die Ablage.

Während des Urlaubs hatten die beiden Frauen etliche Stunden gemeinsam verbracht und Gisela wurde an diesem Abend eines klar: Hanna hatte wichtige Schritte zurück ins Leben getan, aber sie war auf ihrem Weg noch nicht ganz angekommen.

Ohne Worte

Es ging auf Mittag zu. Brütende Hitze lag über dem Dorf. Die flachen, bescheidenen Hütten duckten sich unter der brennenden Sonne auf die kalkige Erde. Wie ausgestorben wirkte der Ort. Kein Mensch konnte zu dieser Stunde arbeiten, in der die flimmernde Luft das Atmen schwer machte. Alle suchten Schutz vor der sengenden Glut in ihren Behausungen. Nur einer nicht. Warum blieb er aus? Besorgt sah seine Frau immer wieder über den weiten Dorfplatz vor ihrem Haus und zur Einmündung des angrenzenden, unebenen Pfades, der zu den Feldern und zum Fluss führte.

Endlich sah sie ihn kommen. Wo er sich mit seinem Handkarren bewegte, stieg weißer Staub von der rissigen, ausgetrockneten Erde auf.
Bela Bonzo lud einige Melonen und die alte Holzkiste mit dem Werkzeug vom Wagen und ging zum Brunnen, Kopf und Hände zu säubern. Dann trat er gebeugt durch die niedrige Tür ins Haus.
„Warum kommst du erst jetzt? Ich habe mir Sorgen gemacht."
„ Du weißt doch, die Pumpe … Die Reparatur war schwierig, aber endlich funktioniert sie wieder. Ich werde heute Abend das Feld wässern, ehe der Wasserstand im Fluss niedriger wird und noch mehr Pflanzen vertrocknen."
Er legte eine Melone auf den Tisch zu den Fladen, die seine Frau am Morgen gebacken hatte, die anderen brachte er in den Keller. Müde stieg er die Stufen wieder herauf, schöpfte mit einem kleinen Topf Wasser aus dem Deckeleimer und trank ihn ohne abzusetzen leer.

Gleich legte er sich auf die Liege, über die ein Laken gebreitet war, mit dem er sich zur Hälfte zudeckte. Er sagte, indem er sich zur Wand rollte: „Ich habe heute keinen Hunger."

Seit sie den Sohn abgeholt hatten und Bela Bonzo die Arbeit auf dem Feld allein verrichten musste, war der Alte appetitlos und wortkarg geworden. Unter seinem Dach gab es fortan mehr Unausgesprochenes als Gesagtes.

Über geheime Umwege war die Nachricht zu ihm gelangt, dass sein Sohn im Gefängnis der Hauptstadt gefangen gehalten und gefoltert wurde. Eine ohnmächtige Hilflosigkeit überkam ihn, in die sich Wut und Trauer mischten. Die Mutter betete jeden Tag für Dimo, dass er es überleben möge und eines Tages wieder nach Hause käme.

Da waren auch die aufkeimenden Schuldgefühle des Vaters, weil er den Sohn in seinem Tun gegen die Regierung bestärkt hatte und nun war er fort und wer weiß, was er erleiden musste. Andererseits war er stolz auf ihn und sein mutiges Auftreten. Aber die Ungewissheit über sein Schicksal zermürbte ihn.

Unermüdlich hatte Dimo gewirkt. Allabendlich traf er sich mit seinen Freunden auf dem Platz vor der Hütte und sie diskutierten bis in die Nacht hinein. Sie wollten etwas tun gegen die Armut der Bevölkerung, für ihre Unabhängigkeit, für eine bessere Schulbildung und gesundheitliche Versorgung. Die Regierung tat ja nichts, was den kleinen Leuten wirklich nützte und das Leben ein wenig erleichterte. Ja, sie verhinderte es sogar. Nichts als Bevormundungen und leere Versprechungen waren von ihr zu erwarten.

Während Bela in leichten Schlaf gefallen war, saß die Frau am Tisch, eine alte Hose ihres Mannes auf den Knien, die sie noch einmal notdürftig zu flicken versuchte.

Plötzlich drang von draußen dumpfes Grollen in die Hütte, das immer lauter wurde und anschwoll bis zur ohrenbetäubenden Unerträglichkeit. Unwillkürlich zuckte die Frau zusammen. Krieg? Bela war sofort hellwach und trat einen Schritt vor die Tür. Er sah, wie einige Flugzeuge im Tiefflug über das Dorf rasten, wendeten, um wieder zurückzukehren.

Und das wiederholte sich vielleicht eine Viertelstunde lang.

„Es sind die Unsrigen!", sagte Bela und setzte sich zu seiner Frau. Er griff nach ihrer Hand, doch seine Nähe beruhigte sie nicht.

„Was führen die wieder im Schilde?", fragte sie leise, nichts Gutes ahnend.

„Ich weiß es nicht."

Nachdem die Flugzeuge abgedreht hatten, blieb die Unruhe zurück, die wie ein schwerer Stein auf ihnen lastete. Beide lauschten angespannt in die Stille, als würden sie ihr nicht lange trauen.

Ihr Gefühl täuschte sie nicht. Schon setzte nach kurzer Zeit erneut Lärm ein. Motoren sich nähernder Fahrzeuge und das Rasseln von Panzerketten waren zu hören. Die Fensterscheiben vibrierten.

„Schau dir das an!", sagte Bonzo und lugte vorsichtig hinaus. Zwei Regierungspanzer rollten bis zur Mitte des Dorfplatzes. Ein Konvoi von Armeefahrzeugen fuhr auf und umstellte den Platz, umnebelt von aufgewirbeltem Kalkstaub. Soldaten sprangen von den Wagen und schwärmten im Laufschritt in alle Richtungen aus.

Ein Trupp kam direkt auf Bonzos Haus zu. Schon wurde die Tür aufgerissen und sein Name und der seiner Frau gerufen. „Sofort zur Versammlung auf den Dorfplatz!", lautete die Anweisung.

„Wieso, warum? Was ist los?"
„Halt's Maul, Alter, wenn dir dein Leben lieb ist!"

Es dauerte keine zehn Minuten und alle Dorfbewohner waren auf dem Platz in der Mittagsglut zusammengetrieben. Soldaten schlossen den Kreis und schossen auf Kommando gleichzeitig mehrmals in die Luft. Die Kinder der Nachbarn drückten sich ängstlich an ihre Mütter.

Ein älterer Offizier, der schon die Befehlsgewalt hatte, als sie Bonzos Sohn verhafteten, stieg auf einen der Panzer. Etwas breitbeinig richtete er sich auf und hielt ein Megafon vor den Mund. Er kündigte an, dass am Anfang der folgenden Woche eine ausländische Reportergruppe das Dorf besuchen wird, um sich davon zu überzeugen, in welch kurzer Zeit die neue Regierung sichtbare Verbesserungen in vielen Bereichen bewirkt hatte.

Die Journalisten sollten erfahren, dass die Berichte von angeblichen Folterungen, schlechter Versorgung einer Not leidenden Bevölkerung sowie ihrem Bestreben nach Unabhängigkeit nicht der Wahrheit entsprachen und glatt erfunden seien. Wer auch gefragt werden würde, habe glaubhaft zu bekunden, ein Freund und Unterstützer der Regierung zu sein.
Betretenes Schweigen in der Menge.

Bonzo hob den Kopf und seine eigene Stimme klang ihm seltsam fremd in den Ohren, als er laut rief:

„Ich werde nicht lügen! Ich werde die Wahrheit sagen! Ich werde die Wahrheit sagen, nichts als die einfache Wahrheit! Ich werde …"

Schon packten ihn zwei Soldaten, die hinter ihm standen und drehten ihm die Arme auf den Rücken, zerrten ihn zu einem der geschlossenen Autos und stießen ihn hinein. Der Fahrer ließ den Motor an, aber das Auto bewegte sich nicht vom Platz.

Bonzos Frau stand unbeweglich, erstarrt. Nur ein einziger Gedanke ging ihr durch den Kopf:

„Nein! Nicht auch noch du! Nicht noch du!" Niemand hörte ihren stummen Schrei.

Sie zitterte am ganzen Körper. Der Offizier kostete die kleine Pause aus und sah, dass dieses unerwartete Zwischenspiel seine Wirkung nicht verfehlte.

„Wer das macht, was wir verlangen, muss nichts befürchten!" Mit nüchternen Worten offenbarte er, was mit denen geschehen würde, die sich den Befehlen widersetzen.

Er sprach Klartext. Und es war schlimmer, als man sich hätte vorstellen können. Niemand zweifelte daran, dass sie ihre Drohungen wahr machen würden.

Bela Bonzo wurde aus dem Auto geworfen. Er fiel auf die lehmige Erde und richtete sich wieder auf. Er hielt die Hände vors Gesicht. Aber die Nächststehenden sahen es: Blut lief ihm aus dem Mund und auch sein Hals und das Hemd waren blutbeschmiert.

Die Versammlung wurde aufgehoben. Rasch gingen die Dorfbewohner zurück in ihre Hütten. Die Soldaten rückten ab, nur die Panzer und ihre Besatzungen blieben bis zum Einbrechen der Dunkelheit auf dem Platz. Keiner der Einwohner wagte mehr einen Schritt vor die Tür.

Stumm hockte Bela auf dem alten hölzernen Lehnstuhl, der noch von seinem Vater stammte. Die Frau untersuchte vorsichtig seine Wunden. Das Gesicht war entstellt. Am Hals blutete er aus einer Platzwunde. Bela befühlte mit der Zunge seine schmerzenden Zähne. Da fiel ihm einer der vorderen Schneidezähne aus.
„Leg dich hin! Aufs Feld kannst du heute Abend ohnehin nicht mehr!"

Nachdem die Wunden gesäubert und versorgt waren, zog Bela das verschmutzte Hemd aus, gab den abgesplitterten, ausgefallenen Zahn in eine Schublade und legte sich auf sein Lager. Seine Frau setzte sich zu ihm und bedeckte mit feuchten Tüchern sein geschwollenes Gesicht.
„Warum hast du sie gereizt und angeschrien?", fragte sie vorwurfsvoll. Bela schwieg und erst nach einiger Zeit murmelte er leise: „Ich war es Dimo schuldig." Das Sprechen fiel ihm sichtlich schwer.
„Dumm warst du! Du hilfst Dimo nicht, wenn sie dich auch noch ins Gefängnis stecken. Glaubst du etwa, dass auch nur ein einziger aus dem Dorf dir beisteht und sein eigenes Leben für dich aufs Spiel setzen würde? Wenn die Journalisten kommen, müssen wir alle die besten Freunde der Regierung sein. DAS sind wir Dimo schuldig! Verstehst du!"

Am nächsten Morgen, kurz nach Sonnenaufgang, hörten sie wieder das Geräusch sich nähernder Fahrzeuge. Sie lauschten und hielten den Atem an. Vor jeder Hütte, die in unmittelbarer Nähe des Dorfplatzes stand, hielt ein Auto. Gut gelaunte Soldaten sprangen herab und luden Werkzeug und einige Fässer mit weißer Farbe ab.

„Wir haben Befehl, deine Hütte zu kalken." Bela ließ sie gewähren, ohne ein einziges Wort zu sagen. Sofort machten sie sich ans Werk. Die Arbeit ging ihnen schnell von der Hand. Noch ehe die Mittagssonne brannte, war die Arbeit getan.

Das frische Weiß stach Bela in die Augen. Was für eine Schau wurde hier abgezogen?

Sein Gesicht war immer noch etwas geschwollen, obwohl er es die ganze Nacht gekühlt hatte.

Auch am Folgetag erneute Aufregung: Ein Regierungsbeamter suchte Bela und seine Frau auf.

„Ich heiße Garek", stellte sich der tadellos gekleidete Mann kurz vor. Er übergab ein Bündel mit frischer Wäsche, ein Baumwollhemd und eine leichte Baumwollhose sowie ein paar nagelneue Rohlederstiefel.

„Das ziehst du an, wenn die Reporter kommen! Wir haben dich ausgewählt, ihre Fragen zu beantworten. Wir wissen nicht genau, was sie fragen werden, aber wir sprechen jetzt alle möglichen Varianten durch, damit du weißt, was du zu antworten hast!"

Garek holte eine Mappe aus seiner Tasche, in der auf mehreren Seiten die Fragen aufgelistet waren.

Es war fast Mittag, ehe er ging. Dabei kündigte er an, morgen noch einmal zu kommen. „Ich werde dir anstelle der Reporter die Fragen stellen und mir deine Antworten anhören."

Trotz der vielen Stunden, die Bela durch all diese Ereignisse verloren hatte, gelang es ihm, am Abend die reparierte Pumpe auszuprobieren und sein Feld zu bewässern.

Am nächsten Tag ließ Bela den Fragenmarathon scheinbar gelassen über sich ergehen und gab die gewünschten Antworten. Darüber ging der Vormittag hin.

Als sich Garek verabschiedete, sagte er mit Nachdruck:

„Ich rate dir, wenn du deinen Sohn je wiedersehen willst, die richtigen Antworten zu geben!"

Je näher der Besuchstag der Reporter kam, umso schweigsamer wurde Bela Bonzo. Er zermarterte sich den Kopf. Wie konnte er als „treuer Freund der Regierung" ein Zeichen geben, das die Journalisten auch ohne Worte verstanden?

***

Epilog

In seiner Kurzgeschichte „Ein Freund der Regierung", veröffentlicht 1959, schildert der Schriftsteller Siegfried Lenz (1926 - 2014) den Besuch einer Reportergruppe in einem ausländischen Dorf.

Die dortige Regierung hatte sie eingeladen, um zu beweisen, dass alles, was man über sie und das unruhige Gebiet schrieb, nicht zutraf: die Folterungen nicht, die große Armut und vor allem nicht das wütende Verlangen der Menschen nach Unabhängigkeit.

Der Leser erfährt, wie sich der eingeschüchterte und unter massiven Druck gesetzte Dorfbewohner Bela Bonzo während des Interviews verhält. Gezwungenermaßen muss er im Beisein eines Regierungsbeamten die Unwahrheit sagen, um sein Leben und das seiner Familie nicht erneut zu gefährden. Als stummes Zeichen der Wahrheit drückt er einem Reporter beim Abschied unauffällig eine kleine Papierkugel in die Hand, in der sich sein abgesplitterter, ausgeschlagener Zahn befindet.

Weil die Erzählung von Siegfried Lenz viele Fragen offen lässt, schrieb ich meine eigene Kurzgeschichte darüber, was vor dem Eintritt der Reportergruppe in Bonzos Dorf vielleicht passiert sein könnte.

Die Ohrfeige

Wahrscheinlich war es nicht mein Tag. Ich hatte Stress an der Arbeit gehabt, und eine Menge Dinge mussten nach dem Dienst zu Hause noch erledigt werden. Um mich herum die drei Kinder, die alle Nasen lang etwas von mir wollten und nervten.

Noch nie dagewesen, aber es passierte plötzlich: Lutz erhielt von mir die erste und einzige Ohrfeige seines Lebens. Heute weiß ich nicht einmal mehr, was der Anlass dafür war oder in welcher Form er mich gereizt hatte.
Aber sicher hatte er nichts getan, was eine Ohrfeige rechtfertigte. Dabei streifte meine Hand versehentlich seine Brille, die daraufhin durch den ganzen langen Flur flog. Lutz war fassungslos über mein Tun und ich bereute es im selben Augenblick.

Langsam ging Lutz zur Brille und hob sie auf. Zum Glück war sie heil geblieben. Dann sagte er mit Nachdruck zu mir: „So ist das also! Hier wird man geschlagen! Ich gehe jetzt fort und komme nie, nie, nie mehr wieder!"
Mit diesen Worten und ernstem Gesicht verließ er die Wohnung. Ich stand einen Augenblick wie vom Schlag gerührt und machte mir bittere Vorwürfe. Was hatte ich getan! Wo geht er jetzt hin? Wenn er sich was antut, nicht auszudenken! Und die Schuld daran trug ich. Ich bedauerte, kein Telefon zu haben. So konnte ich nicht die Polizei alarmieren und darum bitten, nach meinem Kind zu suchen.
Ich schaute aus dem Fenster, aber von Lutz war nichts mehr zu sehen.

Und ausgerechnet an diesem Tag war mein Mann unterwegs. Ich wartete ungeduldig auf seine Rückkehr, damit er sich um die jüngeren Geschwister kümmern konnte.

Sofort wollte ich nach Lutz suchen und überlegte angestrengt, wo er hingegangen sein könnte.

Ich erlitt Höllenqualen. Durch mein unbeherrschtes Verhalten hatte ich mein Kind vertrieben und vielleicht in Gefahr gebracht.

Endlich, nach zwei endlos langen Stunden, hörte ich, wie sich ein Schlüssel im Schloss der Wohnungstür drehte. Lutz kam herein und lächelte mich an: „Mutti, ich musste so und so gerade zur Post, um meine Fernschachkarten einzuwerfen." Danach hat er mich absichtlich zappeln und warten lassen. Ein bisschen Strafe hatte ich verdient.

Eine seltsame Krankheit

Eines Nachmittags klingelte es an der Wohnungstür. Ich öffnete und war erstaunt, die Geigenlehrerin von Lutz vor der Tür zu sehen.

„Guten Tag! Ich möchte mich erkundigen, wie es dem kranken Lutz geht."

„Kommen Sie doch bitte einen Moment herein. Wie? Was? Kranker Lutz? Lutz ist nicht krank. Wie kommen Sie darauf?"

Sie erwiderte: „Er kam schon drei Wochen lang nicht zum Geigenunterricht und hat sich wegen Krankheit entschuldigen lassen."

Mir war das ziemlich peinlich. Wie dem auch sei, es bestand nun Handlungsbedarf.

Lutz bettelte, weil er nicht mehr hingehen wollte und dass ich ihn abmelden solle. Er hatte schlicht und einfach keine Lust mehr, jeden Tag mit der Geige zu üben und sich zu plagen. Es gab doch so viele andere, spannende Freizeitbeschäftigungen, die mehr Spaß als Mühe machten.

Mein Kind tat mir echt leid. Wenn Lutz schon zu solchen Notlügen griff, dann musste es ziemlich schlimm und seine Abneigung riesengroß sein.

Ich erkundigte mich bei einer Nachbarin, deren Sohn ebenfalls Geigenschüler war. So erfuhr ich, dass es auch bei ihm einmal diese Krise gab. Seine Mutter riet mir: „Bleiben Sie unbedingt hart! Verlangen Sie, dass er seine Grundausbildung beendet. Er hat es doch schon bald geschafft." – „Ja, aber er tut mir so leid."

„Bedenken Sie doch, sollen die ganzen Jahre an der Musikschule umsonst gewesen sein und ohne Abschluss enden? Später wird es Ihnen Ihr Sohn danken, wenn Sie jetzt nicht nachgeben."

Das ist mir sehr schwer gefallen, so hart und konsequent zu bleiben und ich sagte zu Lutz:
„Wenn du verlangst, dass ich dich in der Musikschule abmelde, dann tue ich das, aber nur unter der Bedingung, dass wir dich auch in allen anderen Vereinen und Arbeitsgemeinschaften abmelden. Wer gibt uns die Garantie, dass du auch hier nur alles anfängst und nichts zu Ende führst, wenn du keine Lust mehr hast."
Schließlich musste er unsere Entscheidung schweren Herzens akzeptieren und weiterhin die Musikschule besuchen.

Nachdem das ausgestanden war und er erkannte, dass er sich fügen musste, fiel er plötzlich vor mir auf die Knie und flehte inbrünstig:
„Aber bitte, bitte, bitte, bitte, verlangt nicht, dass auch noch mein kleiner Bruder ein Instrument lernen soll."

Lutz beendete die Grundausbildung an der Musikschule und wurde ganz freiwillig Mitglied im Gemeinschaftsorchester, in dem er einige Jahre bis zu seinem Weggang aus Bad Langensalza spielte.

Das Zeitgeschenk

Schon kurz vor dem ersten Advent begannen die Vorbereitungen für das Weihnachtsfest. Karla und ihre drei Kinder Benjamin, Peter und Jana freuten sich besonders auf diese Zeit der abendlichen Vorlesestunden bei Kerzenschein, außerdem wurden gemeinsam viele Sorten Plätzchen gebacken und oft gebastelt. Auch Singen und Musizieren kamen nicht zu kurz.

Die Kinder waren fünf, sieben und neun Jahre alt. Zwei waren schon Schulkinder und der Kleine ging in den Kindergarten. Benjamin, der Älteste, besuchte einmal in der Woche die Musikschule, um das Geigenspiel zu erlernen. Jana spielte Flöte und Peter, der Jüngste, konnte sehr schön singen und Gedichte aufsagen.

In der Wohnung roch es nach frisch geschnittener Tanne und süßem Backwerk. Überall sah man die liebevoll von den Kindern gefertigte Weihnachtsdekoration, die Karla mit ihnen gebastelt hatte.

Eine reizvolle Zeit des emsigen Tuns, der frohen Erwartungen, Heimlichkeiten und Überraschungen.

Nur Vater Manfred war ein echter Weihnachtsmuffel, der dem ganzen Rummel nichts abgewinnen konnte. Daran hatten sich inzwischen alle gewöhnt. Sie akzeptierten sein Anderssein und ließen den Griesgram gewähren.

Die Familie lebte in einer Kleinstadt des Bezirkes Erfurt. Es war noch zu Zeiten der DDR.

Mutter Karla war voll berufstätig und die Kinder wurden in der Schule, im Hort sowie im Kindergarten gut betreut. Dort erhielten sie auch täglich ein warmes Mittagessen für 0,55 Mark und kostenlos Tee. Hort- oder Kindergartengebühren gab es nicht. Obwohl die Kinder sehr gern in ihre Einrichtungen gingen, freuten sie sich immer auf die späten Nachmittags- und frühen Abendstunden zu Hause und besonders auf die Wochenenden. Während sie sich in ihr gemeinsames Spiel vertieften, konnten die Eltern all die nötigen Hausarbeiten verrichten. Es gab so gut wie nie Streit zwischen den Kindern. Alle, auch die Jungen, spielten oft mit Puppen und Teddys, wovon jedes Kind einige besaß. Selbst wenn die Eltern mit den Kindern spazieren gingen, wurde zumindest die Lieblingspuppe von jedem im Arm mitgeschleppt. Das zauberte vorübergehenden Fußgängern immer ein Lächeln ins Gesicht.

Wie in jedem Jahr waren alle Puppen und Teddys kurz vor dem Fest verschwunden. Die Kinder wussten, dass sie in der Schneiderstube des Weihnachtsmannes mit neuer Garderobe ausgestattet werden. Karla hatte viel zu tun. Die Puppen und ihre alte Kleidung wurden gewaschen und anschließend neue Sachen genäht, gehäkelt oder gestrickt, bis endlich für jede der 15 Puppen das neue komplette Outfit fertig war, einschließlich Strümpfen, Schuhen, Mützchen, Täschchen und anderem Schnickschnack.

Die Mutter erinnerte die Kinder, ihre Wunschzettel zu schreiben oder zu malen.

„Denkt daran, der Weihnachtsmann mag keine Kinder, die nur an sich denken oder sich zu viel wünschen."

Benjamin lächelte bei den Worten der Mutter, ließ aber gern die jüngeren Geschwister in dem Glauben, dass es den Weihnachtsmann wirklich gibt.

Wenn es irgend ging, erfüllten die Eltern die Wünsche der Kinder.

Außerdem bekam jeder noch traditionell einen Bunten Teller mit Nüssen, Plätzchen, Pfefferkuchen, Printen, Bonbons, Schokolade, Dominosteinen und anderem Naschwerk. In der Mitte des Tellers durfte der blankgewienerte rote Weihnachtsapfel nicht fehlen.

Die Kinder steckten die Köpfe zusammen und tuschelten.

„Mutti, du sollst auch ein Geschenk bekommen, aber nicht vom Weihnachtsmann, sondern von uns. Hast du eine Idee, hast du einen Wunsch, womit wir dir eine Freude machen können?"

Die Mutter überlegte nicht lange: „Ich wünsche mir wie jedes Jahr von euch am Heiligabend ein kleines Konzertprogramm vor der Bescherung. Ich wünsche mir, dass ihr in der Schule fleißig lernt und immer lieb und freundlich seid. Und wer möchte, kann für mich und Vati noch ein Bild malen."

„Nee, Mutti, das sind doch keine richtigen Geschenke! Weil, - das machen wir doch sowieso."

Der Mutter fiel nichts anderes ein. Sie versprach den Kindern, darüber nachzudenken.

Schon am nächsten Tag teilte sie den Kindern ihren besonderen Wunsch mit: „Ich wünsche mir von euch Zeit." Die Kinder guckten verständnislos und wussten nichts mit diesem Wunsch anzufangen. Wie sollten sie ihrer Mutter Zeit schenken? Wie sollte das gehen?

Für die Mutter bedeuteten die Festtage immer Stress, weil sie den ganzen Vormittag in der Küche stand, um ihre Lieben mit einem leckeren Mittagsmenü zu verwöhnen. Es gab meist eine klare Vorsuppe mit Eierstich, geschmorten Rotkohl, Soße, Entenbraten und Thüringer Klöße mit gerösteten Weißbrotwürfeln im Inneren, Apfel-Möhren-Salat mit Walnüssen sowie roten und grünen Wackelpudding mit Vanillesoße. Klöße, Gemüse und Salat – alles wurde per Hand zubereitet. Und nach dem Essen noch der leidige Abwasch! Karla konnte sich wirklich etwas Schöneres vorstellen.

„Meine lieben Kinder, ich wünsche mir einen küchenfreien Tag. Aber natürlich müsst ihr damit einverstanden sein, dass wir nicht zu Hause essen, sondern in einer Gaststätte. Dort kann jeder wählen, was er möchte und was ich vielleicht noch nie für euch gekocht habe."

Ihr Mann hatte schon sein Einverständnis für einen Gaststättenbesuch gegeben.

„Was willst du denn mit der geschenkten Zeit anfangen?", wollte Benjamin wissen.

„Oh, da gibt es viele Möglichkeiten. Ich werde mich auf das Sofa lümmeln, endlich in meinem neuen Buch weiterlesen und euch beim Spielen zusehen. Oder ihr lasst mich mitspielen, wenn ihr wollt. Oder wir gehen alle zusammen spazieren, wenn es das Wetter zulässt."

Die Kinder waren sofort einverstanden und Karla freute sich auf das kommende Fest mit einem küchenfreien, erholsamen Tag.

Am 25. Dezember machten sich alle, fein herausgeputzt, auf den Weg zur Gaststätte. Es regnete und die Kinder bekamen ihre wasserdichten Capes übergestülpt. Die frische Luft tat gut. Der Regen machte keinem etwas aus. In freudiger Erwartung betraten alle die Gaststätte. Für die Familie war ein festlich geschmückter runder Tisch reserviert. Der Ober zündete die Kerze an, überreichte die Speisekarten und fragte nach den Getränkewünschen. Für Vater und Kinder Apfelsaft, für die Mutter Wasser. „Wir helfen dir dann bei der Bestellung", sagte Karla zu ihrem Jüngsten.

Alle vertieften sich in das reichliche Speisenangebot. Jana sah nicht sehr glücklich aus. Sie stöhnte: „Ich glaube, ich kann nichts essen. Ich bin satt und mein Bauch tut weh."

„Hast du etwa wieder ...?", fragte die Mutter. Schuldbewusst senkte Jana den Kopf. Es war jedes Jahr das Gleiche:

Sie plünderte ihren Bunten Teller, aß alle Süßigkeiten auf einmal auf und ließ keinen Krümel übrig, während die Jungen ihre leckeren Köstlichkeiten über mehrere Tage einteilten.

Der Ober kam und zückte den Bestellblock. Die Mutter deutete auf Jana und sagte: „Bitte, einmal NICHTS, ihr geht es leider nicht gut." Neugierig fragte Klein-Peter den Kellner: „Hast du auch Makkaroni und Feuerwehrsoße?" – „Hab ich." Peter strahlte: „Das möchte ich haben." „Ich auch", sagte der Vater, „für Peter eine Kinderportion und für mich die normale Menge." Benjamin bestellte sich Spiegelei mit Spinat und Kartoffeln. Karla bestellte eine Forelle, in Folie mit Butter gegart, dazu Pilzsalat und Röstkartoffeln.

Die Mutter konnte es nicht fassen. Die Bestellung war eine einzige Blamage. Schließlich war WEIHNACHTEN! Und sie hatte genug Geld eingesteckt.

Sie ließ ihren Ärger heraus: „Was habt ihr euch bloß dabei gedacht? Zu Hause hätte ich die Makkaroni ins Wasser werfen und die Eier in die Pfanne hauen können. In 30 Minuten wäre die gesamte Arbeit getan gewesen. Deshalb hätten wir nicht hierher zum Essen zu gehen brauchen. Benjamin, kannst du mir bitte erklären, warum du Spiegeleier bestellt hast? Zu Weihnachten! Hast du auf der Karte nicht gelesen, was es für tolle Gerichte gibt? Gans, Ente, Kaninchenbraten, Reh- und Wildschweinbraten und anderes."

Benjamin war nicht um eine Antwort verlegen: „Mutti, bei dir bekomme ich immer nur ein Spiegelei, aber hier bekomme ich drei!"

Karla fauchte ihren Mann an: „Ich glaube, ich habe nicht drei, sondern vier Kinder. Und mein größtes Sorgenkind bist du! Hättest du dir nicht was Ordentliches bestellen können statt Makkaroni mit Tomatensoße? Menschenskind, heute ist Weihnachten!"

Karla schüttelte missbilligend ihren Kopf. Nie hatte sie in all den Ehejahren herausgefunden, ob ihr Mann übertrieben geizig oder nur sehr sparsam war.

Die Forelle schmeckte vorzüglich, aber so richtig genießen konnte Karla ihre Mahlzeit nicht.

Schließlich kam der Ober mit dem Kassenbon:

- Makkaroni mit Tomatensoße (Kinderportion)	1,00
- Makkaroni mit Tomatensoße	2,00
- 3 Spiegeleier mit Spinat und Kartoffeln	2,65
- Folien-Forelle mit Pilzen und Röstkartoffeln	5,15
- 4 x Apfelsaft	4,00
- 1 x Selterswasser	0,15
	14,95

14,95 Mark, das war der Preis für das weihnachtliche Festessen einer fünfköpfigen Familie.

Ein Notfall

Es war an einem Sonntag im Juni. Die Sonne schien vom blauen Himmel. Einige Bewohner des Seniorenwohnhauses und ich saßen auf der Terrasse. Wir genossen es, die warmen Sonnenstrahlen auf der Haut zu spüren und redeten über dies und das.

Plötzlich gab es einen lauten Knall und zwei Amseln stürzten herab. Sie klatschten direkt vor meinen Füßen auf die Pflastersteine. Eine Amsel hackte auf die andere ein, erhob sich dann und flog blitzschnell davon. Die andere erstarrte. Breitbeinig stand sie da, den Schnabel leicht geöffnet. Ihre stierenden Augen sahen aus wie kleine Lakritzkugeln auf einem gelben Teller. Völlig unbeweglich, apathisch hockte sie vor uns. Sie rührte sich keinen Millimeter vom Fleck, auch nicht, als ich ganz nah an sie herantrat und ein paar Geräusche machte. Kein Fluchtversuch. Es dauerte und dauerte, ohne dass sich etwas an ihrer Haltung änderte. Mir kam es wie eine Ewigkeit vor. Wir waren ratlos und keiner wusste, was wir tun sollten, hatten wir doch noch nie so etwas gesehen.

Mir fiel ein, dass ich einmal etwas davon gehört hatte, dass es bei Tieren eine Schockstarre gibt. Vielleicht auch bei Vögeln? Ich lief zurück in meine Wohnung und gab bei google als Suchbegriff ‚Schockstarre bei Vögeln' ein. Schnell versuchte ich, das Wesentliche aus einem längeren Artikel herauszulesen. So erfuhr ich:

Ein Schock beim Vogel ist eine Reaktion auf eine plötzliche lebensbedrohliche Situation ... Ein Schock beim Vogel ist ein Notfall. Das Tier muss so schnell wie möglich zu einem Tierarzt. Dabei sollte es möglichst keinen weiteren Belastungssituationen mehr ausgesetzt sein. Der Vogel sollte abgedunkelt und ruhig transportiert werden ...

Ich lief hinaus, um zu sehen, ob der Vogel noch da ist. Alles war wie zuvor. Die Amsel stand wie versteinert da. Sie tat mir unendlich leid. Was war passiert? Wahrscheinlich waren beide Vögel bei vollem Flugtempo gegen die Fensterscheiben der ersten Etage, in denen sich der Himmel spiegelte, geknallt und abgestürzt.

Eile tat not. Ich lief wieder zurück in die Wohnung, um herauszufinden, welcher Tierarzt am Sonntag Bereitschaft hat. Dabei war ich sehr aufgeregt, hatte ich doch Angst, dass der Vogel einfach umkippen könnte und stirbt und jede Hilfe zu spät kommt.

Zum Glück erfuhr ich im Internet, wer Bereitschaft bei Notfällen hat. Ich griff zum Telefon. Ein Arzt der städtischen Tierklinik gab mir freundlich Auskunft. Aber helfen konnte er leider nicht.

„Hören Sie, ich bin heute der einzige diensthabende Tierarzt und das Wartezimmer ist voll mit echten Notfällen. Ich kann hier nicht weg, um nach einem Vogel zu sehen."

„Aber was kann ich jetzt tun?", fragte ich besorgt.

„Nichts!", sagte der Mann, „Es gibt zwei Möglichkeiten für dieses Problem: Entweder eine Katze greift sich den Vogel oder er erholt sich wieder."

Es ist kein schönes Gefühl, wenn man helfen möchte, aber nicht helfen kann. Ich ging hinaus, um die Nachbarn zu informieren, dass ich nichts erreicht hatte und keine Hilfe kommen wird. Nun saß der Vogel schon über eine halbe Stunde völlig bewegungslos vor unseren Füßen.

Wir wussten, dass allabendlich die Nachbarskatze ums Haus und über die Wiese strich. Das Schicksal der Amsel schien besiegelt.

„Minka soll Mäuse fangen, aber keine Singvögel fressen!", meinte Frau Scholz. „Vielleicht erholt sich das Vögelchen über Nacht, wenn wir es mit ins Haus nehmen."

Wir brauchten nicht länger zu überlegen, denn als sei nichts gewesen, flog die Amsel plötzlich auf und davon.

Katastrophenalarm

Es war an einem kalten Montagabend im Januar. Schon lange hatte ich mich auf diesen Abend gefreut. „Warum muss es ausgerechnet heute so stark regnen", dachte ich. Mein Sohn fuhr mich zur Konzertkirche Sankt Trinitatis. „Nimm dein Handy mit und ruf mich an, wenn das Konzert zu Ende ist, dann hole ich dich wieder ab."

Auch bei schönem Wetter hätte ich ihn darum gebeten, mich zu fahren. Abends bin ich nicht gern im Dunkeln unterwegs. In der Nähe der Kirche befindet sich ein großer Parkplatz mit ausreichend Stellflächen. Das letzte Wegstück musste ich allerdings zu Fuß mit dem Rollator zurücklegen.

Obwohl ich 45 Minuten vor Konzertbeginn ankam, war die Kirche schon fast voll. Die Leiterin des Kulturamtes, die ich gut kenne, half mir, einen Platz auf einer Seitenbank zu finden und verstaute meinen Rollator unter einer Treppe vor den Aufgängen zu den Emporen, damit er niemandem im Weg stand.

Pünktlich 19 Uhr betraten die Künstler des Schwarzmeer-Kosaken-Chores das Podium. Ihre stimmgewaltigen, gefühlvollen, zu Herzen gehenden harmonischen Gesänge, einfach nur fantastisch! Mystisch, gewaltig, geheimnisvoll! Sie füllten ohne Hilfe eines Mikrofons den gesamten Raum. Die Kirche ist auch bei anderen Künstlern wegen ihrer hervorragenden Akustik bekannt und ein beliebter Auftrittsort.

Ich genoss den Abend nicht nur wegen der faszinierenden Darbietungen der Sänger, sondern auch wegen des herrlichen Ambientes der Kirche, mit der barocken Innenausstattung, mit den zweigeschossigen Holzemporen und dem reich vergoldeten Kanzelaltar, mit den glänzenden Kronleuchtern und den froh gestimmten Menschen. Sieben meiner ehemaligen Kollegen entdeckte ich unter den Besuchern. Einem Abend Glanzlichter aufsetzen, das sollte ich öfter tun, nahm ich mir im Stillen vor. Was mir auffiel: Unter den Konzertbesuchern befanden sich keine jungen Leute. Ich ließ meinen Blick über die Reihen schweifen. Hier sind alle zwischen 60 und 100 Jahren alt, schätzte ich. Da war ich mit meinen 77 Jahren also in bester Gesellschaft Gleichaltriger.

Plötzlich, völlig unerwartet, ertönte ohrenbetäubend laut ein Alarmsignal, ähnlich dem der Feuerwehr oder eines Rettungswagens des Notarztes. Tatütata, tatütata! Es schrillte fürchterlich in meinen Ohren. Total entsetzt war ich, als ich bemerkte, dass dieses Signal aus meiner Handtasche kam, die neben mir auf der Sitzbank lag. Wie kann das sein? Ich war mehr als aufgeregt, fingerte das Handy heraus und drückte schnell auf den Aus-Knopf. Aber das Handy ging nicht aus. Da konnte ich drücken wie ich wollte. Es war mehr als peinlich. Der Moderator der Künstlergruppe sprach noch seine letzten Worte vor der Konzertpause, die aber kaum einer wegen des sirenenartigen Lärms meines Handys verstehen konnte.

Empörte Rufe in meine Richtung: „Schämen Sie sich!" – „Sind Sie denn wahnsinnig?" – „Schalten sie das Ding endlich ab!" Ja, wenn es denn nur ginge. Ich hatte noch nie in den vergangenen Jahren dergleichen erlebt. Und nie hätte ich geahnt, dass das Handy, dieses kleine Ding, solch irrsinnig laute Signale von sich geben könnte. „Kann mir jemand helfen?", rief ich aufgeregt und verzweifelt.

Mir brach der Angstschweiß aus. Ein Mann schrie: „Nehmen Sie einen Hammer und hauen Sie drauf!" Mit diesem Hinweis konnte ich natürlich nichts anfangen. Einige Konzertbesucher liefen zu mir und versuchten, mir zu helfen und das Alarmsignal abzustellen. Ihre Bemühungen waren vergeblich. Der Alarm schien noch lauter zu werden und hörte einfach nicht auf. Auf dem Display sah ich, dass das Gerät noch gesperrt war. Ich hätte, um es bedienen und anrufen zu können, erst entsperren müssen. Das schrille, nervige Sirenengeheul des Monsterhandys drang unangenehm in alle Ohren. Ich war mir keiner Schuld bewusst, denn ich hatte das Handy weder berührt, noch meine Tasche angefasst, in der es sich befand.

Inzwischen hatte sich in der Konzertpause eine Gruppe von Personen um meinen Platz versammelt. Das Gerät ging von Hand zu Hand und kreischte weiter. Endlich tat einer das Richtige. Er öffnete das Handy, nahm den Akku heraus und stellte das Gerät ab. Dann setzte er den Akku wieder ein und gab mir das Gerät zurück: „So, jetzt ist Ruhe!"

Ich war erleichtert und bedankte mich, hatte jedoch große Angst, dass sich das wiederholen könnte und wollte das Handy nicht zurück in meine Handtasche tun. Ich traute dem Frieden nicht, deshalb bat ich die Leiterin des Kulturamtes, dieses „bösartige Ding", das sich verselbständigt hatte, in einem der hinteren Räume der Kirche bis zum Konzertende zu deponieren, was sie auch tat.

Der zweite Teil des Konzertabends verlief zum Glück störungsfrei. Begeisterter lang anhaltender, rhythmischer Schlussapplaus, stehende Ovationen, Bravorufe für die Mitglieder des Kosakenchores!

Dann strömten die Massen dem Ausgang zu. Die Leiterin des Kulturamtes rief meinen Sohn an, damit er kommt, um mich abzuholen. Beim Hinausgehen musste ich einige scheele Blicke der Besucher ertragen. Mir war klar, dass dieses Konzert nicht nur wegen der ausgezeichneten musikalischen Darbietungen, sondern auch wegen des unliebsamen Zwischenfalls jedem in Erinnerung bleiben würde.

Ich ging zum Chorleiter, der am Ausgang der Kirche CDs verkaufte, und entschuldigte mich für die Störung. Zum Glück fielen mir die richtigen Worte in Russisch ein: „Извините, пожалуйста! Это не было мое намерение мешать Вашему чудесному концерту. Большое спасибо за Ваш концерт!"

(„Entschuldigen Sie bitte! Es war nicht meine Absicht, Ihr wunderbares Konzert zu stören. Vielen Dank für Ihr Konzert!")

Er winkte ab, lachte mich freundlich an und gab mir zu verstehen, dass es nicht so schlimm gewesen sei. Ich konnte mich kaum beruhigen wegen dieser Blamage!

Meine Kollegin Gisela sagte beschwichtigend zu mir: „Sei doch froh, dass es erst kurz vor der Pause passiert ist und nicht während der Lieddarbietungen. Und sei froh, dass es nur ein falscher Alarm war und kein echter. Stell dir vor, du wärest hingefallen, hättest einen Herzinfarkt oder Schlaganfall erlitten." Sie mag ja recht haben, aber ihre Worte trösteten mich wenig.

Fakt war: Ich hatte das Konzert eines weltberühmten Ensembles mit einem wild gewordenen Handy in der Hand minutenlang gestört.

Dann entdeckte ich meinen Sohn, der schon am Ausgang auf mich wartete. Es regnete immer noch. Auf der Heimfahrt erzählte ich ihm, was vorgefallen war.

Er goss noch Wasser auf die Mühlen, belegte mich mit Vorwürfen und schimpfte: „Kein Handy geht von allein an! Da hast du was gemacht! Du bist nicht in der Lage, ein einfaches Handy zu bedienen! Besitzt ein Gerät und kannst nicht damit umgehen! Es ist immer dasselbe mit dir!" usw.

Seine Worte ließ ich stumm über mich ergehen und schwor mir, fortan auf ein Handy zu verzichten, habe ich doch eine Notrufuhr, die ich im Bedarfsfall betätigen kann, wenn ich Hilfe brauche. Ich trage sie Tag und Nacht an meinem Handgelenk. Diese Uhr kann auch geortet werden, so dass sie mir zu jeder Zeit eine gewisse Sicherheit bietet.

Wenn ich wüsste, wo sich das kleine Heftchen mit der Gebrauchsanweisung fürs Handy befindet, dann würde ich vielleicht darin nachlesen. Aber ich habe absolut keine Lust, danach zu suchen. Der Ärger ließe sicher nicht lange auf sich warten: das schlechte Anleitungsdeutsch mit vielen Anglizismen, die minikleine Schrift, die ich nur mit einer Lupe entziffern kann …

Lieber erkundige ich mich, wie ein Handy ordnungsgemäß zu entsorgen ist.

Der perfekte Gentleman

Zum Zeitpunkt ihrer Scheidung vor vierzehn Jahren waren Renates Kinder gerade acht und zehn Jahre alt. Sie wohnten in Dresden, in einem Hochhaus an der Elbe. Seitdem zog die Mutter ihre zwei Mädchen allein groß, begleitete sie durch Schulzeit und Berufsausbildung, während sie selbst einer vollen Berufstätigkeit nachging. Obwohl sie keine großen Sprünge machen konnte, gab sie sich sehr viel Mühe, die Kinder zu fördern. Es mangelte ihnen an nichts. Nur einen liebevollen Vater hätten sie gern gehabt. Doch leider kümmerte sich dieser nicht um seine Kinder ...
Schließlich ging es finanziell aufwärts, als die Mädchen erwachsen, berufstätig und finanziell unabhängig waren. Inzwischen lebten sie ihr eigenes Leben und waren ausgezogen. Sie besuchten die Mutter regelmäßig. Alle drei hatten ein gutes Verhältnis zueinander. Eine konnte sich auf die andere verlassen.
Jahre später, nach der Vereinigung der beiden deutschen Staaten, verlor Renate mit 56 Jahren ihre Arbeit. Den Töchtern erging es wie der Mutter. Sie waren von heute auf morgen arbeitslos. Ihre Betriebe wurden abgewickelt. Die Töchter krempelten ihr Leben um, wagten den Schritt und zogen von Sachsen nach Bayern, weil sie dort wieder Arbeit bekamen.
Die Mutter blieb allein in Dresden zurück und grämte sich, weil sie sich plötzlich sehr einsam fühlte. Nach ihrer Ehescheidung hatte sie keinen passenden Mann mehr gefunden.

Sie war durch Berufstätigkeit, Haushalt und Kinder so beschäftigt, dass sie keine Zeit hatte, eine neue Beziehung aufzubauen. Vielleicht war sie auch zu anspruchsvoll. Ihre etwa gleichaltrigen Freundinnen saßen ebenfalls auf der Straße, waren nur noch mit sich selbst beschäftigt und versuchten, aus den Wirren des gesellschaftlichen Umbruchs ohne größeren Schaden heil herauszukommen.

Es war nicht nur die Einsamkeit, die Renate quälte, sondern die Tatsache, dass sie keine Arbeit mehr fand.

„Keiner will mich, keiner braucht mich", jammerte sie oft nach vielen vergeblichen Bewerbungen, auf die trotz guter Zeugnisse nur Absagen folgten. Der Grund: ihr Alter. Ihre einzigen Ansprechpartner blieben ihre Kinder in Bayern und ihre Schwester Ingrid in Thüringen, lediglich beschränkt auf telefonische Kontakte.

Auf Ersparnisse konnte Renate nicht zurückgreifen, denn sie besaß nur einen kleinen Notgroschen als Rücklage auf einem Zweitkonto.

Ingrid rief ihre Schwester regelmäßig an und versuchte, sie etwas aufzuheitern. Vergeblich! Es dauerte nicht lange, bis Renate derart an Depressionen litt, die auch körperliche Erkrankungen nach sich zogen.

Renates psychischer Zustand verschlechterte sich, als sie sich einer komplizierten Nierenoperation unterziehen musste. Ingrid rief die Töchter von Renate an und schlug vor:

„Holt eure Mutter nach Bayern in eure Nähe und sorgt dafür, dass sie eine vorzeitige Rente beantragt, damit sie nicht mehr ständig zum Arbeitsamt laufen muss. Das zieht sie nur noch mehr runter"

Zwei Jahre später war das alles kein Thema mehr. Renates Kinder besorgten für die Mutter eine schöne Wohnung in ihrer Nähe und unterstützten sie mit einem Mietzuschuss. Renate hatte keine Existenzängste mehr, erhielt eine bescheidene Rente, mit der sie über die Runden kam. Es war erstaunlich, wie schnell sie sich körperlich und seelisch erholte und wieder Lebensfreude empfinden konnte.
Die Mädchen besuchten ihre Mutter ab und zu, aber Renate war trotzdem unzufrieden, weil es ihr nicht gelang, einen neuen Freundeskreis aufzubauen. Auch durch die Mitgliedschaft in einem Senioren-Tanzzirkel und in einer Gymnastikgruppe des Roten Kreuzes ergaben sich keine darüber hinausgehenden Kontakte. Renate wurde nicht warm mit den bayrischen Frauen und diese nicht mit ihr.

Einmal in der Woche ging Renate nach der Sportstunde in eine gemütliche Gaststätte, um einen Kaffee zu trinken. Dort passierte das Wunder: Sie lernte einen Gast kennen, mit dem sie sich lange unterhielt. Sie spürte sofort die Magie der Anziehung und verliebte sich auf den ersten Blick in diesen gut aussehenden Mann. Ihm schien es ähnlich zu gehen.

„Thomas Pattlock", stellte er sich vor. „Ich verbringe gerade zwei Wochen Urlaub hier, der leider in drei Tagen zu Ende geht. Ich logiere im Hotel am Hauptplatz", fügte er hinzu.

Er erzählte Renate, er sei Projektmanager in München.

Beide verabredeten sich für den nächsten Abend. Renate verspürte Schmetterlinge im Bauch, wie schon lange nicht.

„Wollen wir uns wieder hier treffen?", fragte er und fügte hinzu: „Ich ziehe so nette kleine Gaststätten den Hotels vor." Renate war alles egal, sie war ohnehin im siebten Himmel.

„Bis morgen 19 Uhr", sagte er lächelnd und küsste ihr galant zum Abschied die Hand. Renate spürte, wie ihr innerlich heiß wurde.

Trotz ihres Alters war sie eine attraktive hübsche Frau mit langen schwarzen Haaren und großen ausdrucksstarken Augen. Sie legte sehr viel Wert auf ein gepflegtes Äußeres.

Als Ingrid zufällig an diesem Abend ihre Schwester anrief, erkannte sie diese kaum wieder. Sie war fröhlich, fast überschwänglich euphorisch. Es sprudelte nur so aus ihr heraus. Sie schwärmte von ihrem neuen Bekannten und erzählte ihrer Schwester, warum sie so begeistert war: „Er ist der perfekte Mann, gut aussehend, modisch gekleidet, sehr belesen und gebildet, großzügig und freigebig, finanziell bestens gestellt mit sehr guten Umgangsformen. Er besitzt ein schickes Auto und ein Haus."

Wichtiger war für Renate, dass Thomas in vielen Dingen dieselben oder ähnliche Ansichten wie sie hatte.

Am nächsten und darauffolgenden Abend konnte es Renate kaum erwarten, ihren Märchenprinzen wiederzusehen.
Den beiden ging der Gesprächsstoff nicht aus. Was ihr aber besonderen Respekt einflößte, war die Tatsache, dass er sich zusammen mit seinem Bruder abwechselnd an den Wochenenden um seine kranke Mutter kümmerte, die in der Woche in der Tagespflege und von einer lieben Nachbarin und Freundin versorgt wurde. Die Mutter in ein Pflegeheim zu geben, das würde er nie übers Herz bringen. Und deshalb könne er Renate später nur im vierzehntägigen Rhythmus übers Wochenende besuchen.

Thomas begleitete Renate nach Hause. Inzwischen hatten sie sich auf das Du geeinigt.
„Möchtest du auf einen Kaffee mit hochkommen?", fragte sie zögernd.
„Gerne", erwiderte Thomas begeistert. Seine Augen strahlten.

Aus dem „Abschiedskaffee" wurde eine für Renate unvergessliche Nacht.
„In zwei Wochen bin ich wieder da, mein Engel", tröstete er Renate und küsste sie.
Ihr war zum Heulen zumute.

Neugierig rief Ingrid am Nachmittag ihre Schwester an. Als ihr Renate alles brühwarm erzählte, klingelten die Alarmglocken. Ihre Schwester kannte diesen Mann doch erst drei Tage. In so kurzer Zeit erschien ihr sein Verhalten auffallend merkwürdig und zweifelhaft! Deshalb löcherte sie Renate mit Fragen: „Wie alt ist dein Freund? Warum hat er trotz seiner Vorzüge mit 46 Jahren noch keine Partnerin? Was weißt du von seiner Vergangenheit? Was macht er beruflich? Wie heißt die Firma, in der er arbeitet? Hast du dir seinen Personalausweis zeigen lassen? Hast du mit ihm etwa schon geschlafen? Hat er dir Rosenblätter vom Bad bis zum Bett gestreut? Warum stört es ihn nicht, dass du 14 Jahre älter bist als er? Und stört ihn nicht dein sächsischer Dialekt? Sei bloß vorsichtig!"

Renate war enttäuscht von ihrer Schwester. Sie sagte ihr auf den Kopf zu: „Du gönnst mir mein Glück nicht!"
Ingrid erwiderte: „Hast du mal einen Augenblick versucht, dir vorzustellen, dass du es eventuell mit einem Heiratsschwindler zu tun haben könntest? Vertrauen ist gut – Kontrolle ist besser! Wenn er dich ausgenommen hat, siehst du ihn nicht wieder."
Renate lachte. „Ach, Thomas weiß doch, dass es bei mir nichts zu holen gibt. Ich habe weder große Ersparnisse, noch besitze ich teuren Schmuck oder sonstige Wertgegenstände."
„Hat er dich etwa danach gefragt?"

Ihren Töchtern hatte Renate noch nichts von ihrem neuen Freund erzählt. Sie würden ohnehin nicht verstehen, dass ihre „alte" Mutter wie ein verliebter Teenager aufblüht.

Sie konnte seinem Charme nicht entfliehen.

Die Wartezeit bis zum Wiedersehen kam Renate wie eine Ewigkeit vor. Jeden Abend telefonierten sie miteinander.

Nach vierzehn Tagen kam Thomas schon einen Tag früher zu ihr, weil er Überstunden abbummeln konnte. Nach einer herzlichen Begrüßung meinte er: „Was hältst du davon, wenn wir zwei für sieben oder zehn Tage eine Reise buchen?" – „Oh, das wäre toll, aber leider habe ich nicht das nötige Geld dafür."

„Selbstverständlich bezahle ich alle Kosten." Renate wurde in ihrem Leben noch nie verwöhnt. Noch nie erhielt sie so etwas Teures geschenkt. Sie zögerte mit der Antwort und fühlte sich etwas unbehaglich. Sie war es nicht gewohnt, auf Kosten anderer zu leben. Lieber schränkte sie sich ein. Kauf auf Raten oder die Nutzung des Dispokredits der Sparkasse kamen für sie nicht infrage.

„Hast du überhaupt noch so viele Tage Urlaub?", wollte sie wissen.

„Ich habe immer noch vier Wochen Resturlaub und außerdem noch etliche Überstunden zum Abbummeln", erwiderte Thomas.

Renate zögerte immer noch. Sollte sie wirklich so ein teures Geschenk annehmen? Sie könnte sich nicht revanchieren.

Thomas kam auf die Idee, im TUI-Reise-Center gleich um die Ecke Informationen einzuholen und sich beraten zu lassen. Mit einem Packen Reiseprospekten kam er zurück. Schon waren sie beim Pläneschmieden.

In die engere Wahl kam für beide eine Ägyptenreise. Da gab es sehr preiswerte Angebote. Aber Thomas sagte: „Wenn schon – denn schon!" Er schwärmte für die teuerste Variante, ein Luxushotel in Hurghada. Es war auch rein äußerlich ein pompöser Bau, nicht vergleichbar mit den anderen Hotels der Stadt, die alle preiswertere Angebote machten. Geld schien bei Thomas keine Rolle zu spielen. Er hatte es.

Thomas drängte darauf, beide ließen sich für die Reise vormerken, die in vier Wochen beginnen sollte. Spätestens zwei Wochen vor Reiseantritt muss alles komplett bezahlt werden. Er freute sich, weil die Termine so günstig lagen und er sie in Absprache mit seinem Bruder wahrnehmen konnte, ohne seine kranke Mutter zu vernachlässigen.

Sie beschlossen, beim nächsten Besuch von Thomas alles klarzumachen und die Reise verbindlich zu buchen.

Als Thomas zwei Wochen später wieder freitags zu Renate kam, machte er einen sehr nervösen, erschöpften Eindruck. Er war fix und fertig und stöhnte: „Ausgerechnet heute war in der Firma der Teufel los." Er erzählte, dass er beim Chef antanzen musste und zusätzlich noch einen Packen Arbeit aufgebrummt bekam.

Deshalb hatte sich sein Arbeitsschluss verzögert und er war, um Zeit zu sparen, gestresst von der Firma aus gleich zu Renate losgefahren.

„Jetzt bist du hier, beruhige dich!", sagte Renate beschwichtigend, als sie den frisch gebrühten Kaffee auf den Tisch stellte.

Thomas schaute auf seine Uhr: „Wir müssen noch zum Reisebüro, unsere Reise bezahlen."

Erschrocken stellte er nach einem Blick in seine Brieftasche fest, dass er seine Kreditkarte nicht dabei hatte. Es war ihm furchtbar peinlich. Er fragte Renate: „Kannst du den Betrag vorschießen? Ich schicke dir gleich am Montag das Geld per Blitzüberweisung zurück."

„Wo soll ich denn von jetzt auf gleich 2000 Euro hernehmen?" – „Hast du keinen Dispokredit bei deiner Bank?", wollte er wissen. „Doch, aber den belaste ich nicht."

Thomas schmollte: „Es ist doch nur für drei Tage! Wir müssen uns beeilen, ehe die Bank und das Reisebüro schließen, sonst ist die Reise futsch!"

Beide zogen los. Auf der Bank hob Renate von ihrem Notfallkonto 2000 Euro ab und übergab sie Thomas. Am TUI-Reisecenter angekommen, sahen sie das Schild „Geschlossen".

„So ein Mist!", sagte Thomas ärgerlich. Renate hielt eine Hand über die Augen und schaute durch die Scheiben ins Büro hinein. „Du, da sind welche drin", stellte sie fest und klopfte.

Da kam ein Handwerker im Blaumann an die Tür. „Können Sie nicht lesen?", fragte er unwirsch. – „Doch. Aber wieso ist denn zu? Wir wollen unsere Reise bezahlen."

„Es gab eine kleine Havarie. Morgen ist wie immer am Samstag von 9 bis 11 Uhr geöffnet. Also nur keine Aufregung!"

Renate und Thomas verbrachten den Abend mit Planen und Vorfreude, was sie nicht alles machen würden im Urlaub. Auch die Nacht ließ keine Wünsche offen. Erschöpft schliefen beide erst gegen fünf Uhr ein.

Als sie erwachten, war es schon weit nach neun Uhr. Thomas sagte: „Wir müssen schnell los, die Reise bezahlen. Das Frühstück kann warten!" In Windeseile sprang er in seine Sachen.

„Ich schaffe das nicht so schnell, lauf du allein los!", bat Renate. Er gab ihr einen flüchtigen Kuss und schon fiel die Wohnungstür ins Schloss.

Renate wartete vergeblich auf die Rückkehr von Thomas. Am Montag erfuhr sie im Reisebüro, dass die Ägyptenreise nicht durch ihn gebucht worden war. Auch sein Auto stand nicht mehr vorm Haus. Plötzlich fiel es ihr wie Schuppen von den Augen: Sie war auf einen Betrüger hereingefallen und er mit ihrem Geld auf Nimmerwiedersehen verschwunden.

Sie schluchzte ins Telefon: „Ingrid, du hattest recht. Thomas ist ein Heiratsschwindler." Es lag Ingrid fern, sich darüber zu freuen, weil sie mit ihren Vermutungen Recht behalten hatte. Ihre Schwester tat ihr leid. Das hatte sie wirklich nicht verdient.

„Du musst zur Polizei gehen!", schlug sie vor. Aber das wollte Renate auf keinen Fall, wegen der Blamage. Weil sie so dumm, arglos und vertrauensselig gewesen war, schämte sie sich.

„Doch, du musst ihn anzeigen! Wahrscheinlich bist du nicht die Einzige, die er betrogen hat."

Renate vermutete, dass die Polizei kein besonderes Interesse daran hatte, nach Thomas zu fahnden, um ihm das Handwerk zu legen. Die suchen sicher dringlicher Mörder, Bankräuber, Gewalttäter oder Terroristen.

Sie konnte sich nicht vorstellen, dass ihr Thomas seine Zuneigung nur vorgespielt hatte. Nach seinem Verschwinden war er telefonisch nicht mehr erreichbar.

„Kein Anschluss unter dieser Nummer" …

Schließlich ging sie doch zur Polizei und erstattete Anzeige.

Schock am Morgen

Meine Kollegin Lara Künzel fehlte schon einige Tage an der Arbeit. Es hieß, sie sei krank, aber niemand wusste etwas Genaues. Sie war doch noch an ihrem letzten Arbeitstag topfit gewesen. Ich mochte Lara, sie war immer ausgeglichen und fröhlich, voller Energie und Ideen. Und sie war unbedingt ehrlich, hilfsbereit, verlässlich und pünktlich. Obwohl sie 20 Jahre jünger war als ich, verstanden wir uns gut. Manchmal gingen wir nach der Arbeit noch in das kleine Bistro gegenüber und ließen bei einer Tasse Kaffee den Tag Revue passieren. Ich vermisste sie.

Lara hatte vor Jahren nach mehreren vergeblichen Versuchen endlich die Führerscheinprüfung bestanden und einen kleinen Gebrauchtwagen erworben. Das war Voraussetzung dafür, mit ihrem Mann Toni auf einem Dorf ein altes ländliches Anwesen mit einem großen Garten kaufen zu können. Wie hätte sie sonst ohne Auto jeden Tag zur Arbeit in die Stadt kommen können?

Die ehemaligen Besitzer waren verstorben und hatten in ihren letzten Lebensjahren nichts mehr am Haus gemacht, so dass es ziemlich heruntergekommen war und zum Schnäppchenpreis angeboten wurde. Ihre Kinder hatten kein Interesse an diesem Objekt. Trotzdem hatten sich Lara und Toni wahrscheinlich mit dem Kauf des riesigen Gehöftes finanziell übernommen. Es nahm kein Ende, es musste so viel repariert und neu hergerichtet werden.

Das ging immer nur so weit, bis das Geld wieder alle war. Trotzdem waren beide zuversichtlich, dass eines Tages alles so sein würde, wie sie es sich erträumten.

Laras Mann war bei einer Baufirma als Maurer tätig. Handwerklich sehr geschickt, beherrschte er auch ohne Gesellenbrief noch mehrere andere Gewerke. Nach Feierabend und an den Wochenenden rackerte er bis in die späten Abendstunden am Haus. Arbeitskollegen und Freunde halfen ihm dabei. Auch Lara packte mit zu und versorgte die Handwerker.

Zuerst wurde von einer Firma das undichte Dach neu eingedeckt, so dass keine Feuchtigkeit mehr in das Gebäude eindringen konnte. Die wichtigsten Räume im Haus waren schon saniert und hergerichtet: das Wohnzimmer, der Schlafraum, die Küche und das Bad. Mit viel Geschmack richtete Lara diese Räume zu kleinen Wohlfühloasen her. Heizung, Strom, Wasser, Abwasser, das alles funktionierte schon. Die anderen Räumlichkeiten waren zwar entkernt, aber noch eine einzige große Baustelle. Lara und Toni hatten konkrete Pläne, was mit den restlichen Räumen geschehen sollte: Hauswirtschaftsraum, Gästezimmer, ein zweites Bad, ein Wintergarten. Überall neue Fenster …

Eine kleine Einliegerwohnung mit separatem Eingang sollte entstehen und vermietet werden, um ihnen finanziell etwas Entspannung zu ermöglichen.

Mitten hinein in das frohe Schaffen dann ein Schicksalsschlag, der das Leben der beiden Turteltäubchen von heute auf morgen drastisch änderte. Toni erlitt einen schweren Verkehrsunfall und verbrachte danach Monate im Krankenhaus. Es war nicht daran zu denken, dass er jemals wieder zur Arbeit hätte gehen können. Als er endlich aus dem Krankenhaus entlassen wurde, widerten ihn die ständigen Arztbesuche und Therapien an, die seine Zeit auffraßen. Noch schlimmer war, dass er auf Anraten der Ärzte eine Erwerbsunfähigkeitsrente bzw. eine Erwerbsminderungsrente beantragen sollte. Das hatte so etwas Endgültiges an sich. Toni befand sich im Stress, im Widerstand gegen sein Schicksal, das er so nicht akzeptieren wollte. Aber letztendlich hatte er keine andere Wahl. Es dauerte lange, bis der Rentenantrag bewilligt wurde, natürlich mit spürbaren finanziellen Einbußen.

Vorzugsweise kümmerte sich Toni nun um den Garten, daher kam es fast zum Stillstand der Bauvorhaben am Haus. Nichts wurde fertig. Mehr als zwei Stunden täglich konnte er nicht mehr arbeiten, dann setzten Schmerzen ein oder er war so erschöpft, dass nichts mehr ging. Unzufriedenheit und Trauer, Wut und Verzweiflung drohten überhandzunehmen. Etwas Normalität trat erst viel später ein, als sich Toni scheinbar mit seinem Los gezwungenermaßen abgefunden hatte.

„Was war nur los? Lara krank?", fragte ich mich.

Mehrmals versuchte ich, sie anzurufen. Egal zu welcher Zeit, niemand ging ans Telefon, weder sie noch ihr Mann. Nach drei Wochen erreichte ich sie endlich. Ihre Stimme war leise und klang so, als wäre sie sehr müde. „Lara, was ist los? Ich vermisse dich." – „Ich kann es dir nicht am Telefon erklären. Vielleicht kannst du mich besuchen?"

Wir vereinbarten einen Termin. Es war Sommer und abends lange hell, da konnte ich nach der Frühschicht mit dem Fahrrad die paar Kilometer bis zum Dorf fahren und einen Krankenbesuch machen. Ein Auto besaß ich nicht.

Irgendetwas musste Lara passiert sein. Keinen einzigen Tag hatte sie zuvor an der Arbeit gefehlt ...

Als ich Lara wiedersah, erschrak ich. Sie hatte deutlich sichtbar viel an Gewicht verloren. Ihr Gesicht war blass, die dunklen Augenringe fielen mir sofort auf. Nur zögerlich gab Lara preis, was sie erlebt hatte, immer wieder nach Worten ringend, während ihr Tränen über die Wangen liefen.

An ihrem ersten Fehltag passierte folgendes: Lara war ein paar Minuten zu spät aufgestanden und deshalb in Eile. Sie wollte auf keinen Fall zu spät zur Arbeit kommen. Ihr Mann, der sonst immer vor ihr aufstand, Kaffee kochte, das Frühstück zubereitete und ihr das Hoftor öffnete, war im Bett geblieben. Toni schlurfte in die Küche. Lara verzichtete auf das Frühstück, hob den Arm und rief ihrem Mann zu: „Ich muss …"

Draußen stellte sie ihre Tasche neben das Auto und lief zum Hoftor. Verflixt! Wie immer ließ es sich schwer bewegen. Es dauerte eine Weile, bis endlich beide Torflügel entriegelt, geöffnet und arretiert waren. Als Lara ins Auto steigen wollte, merkte sie, dass sie den Autoschlüssel in der Hektik im Hausflur liegen gelassen hatte. Also schnell zurück ins Haus. Da sah sie Toni im Korridor hängen ...

Hier waren noch die zwei stabilen Haken an der Decke, an denen ihre Vormieter eine Schaukel für die Enkelkinder anbringen konnten.

Toni lebte noch und rang mit dem Tod. Was für ein Schock! Automatisch, instinktiv handelte Lara. Sie hastete in die Küche, holte ein Messer, stieg auf den umgestürzten kleinen Hocker und schnitt das Seil durch. Zum Glück war die Fallhöhe nicht groß. Ihren Mann konnte sie trotzdem kaum halten. Beide landeten auf dem Boden. Da verlor er das Bewusstsein. Lara schrie ihn an: „Atme! Atme! Atme!", rannte zum Telefon und alarmierte den Notarzt.

Der Notarzt kam schnell, kurz darauf die Polizei, die durch die Rettungsstelle ebenfalls alarmiert worden war. Toni wurde versorgt und in eine Klinik gefahren. Es folgte das ganze Prozedere, was bei so einem Ereignis vorgeschrieben ist. Auch Lara musste ärztlich versorgt werden und wurde krankgeschrieben. Ihre Mutter nahm Urlaub und holte Lara zu sich. „Du kannst jetzt nicht allein in diesem Haus bleiben!", bestimmte sie.

Mir war nun klar, warum ich telefonisch niemanden erreicht hatte. Seit diesem Vorfall nahm Lara keine feste Nahrung mehr zu sich. Selbst wenn sie wollte, sie brachte keinen einzigen Bissen hinunter. Keine Nacht hatte sie gut geschlafen. Ständig tauchten die schlimmen Bilder vor ihr auf. „Das war der schwärzeste Tag in meinem Leben", sagte Lara leise. Ich umarmte sie. Und dann brach es aus ihr heraus – laut, wütend, verzweifelt, schluchzend: „Dass er mir das angetan hat! Ohne Abschiedsbrief, ohne ein Wort. Sich einfach stillschweigend davonstehlen! Mich allein lassen! Er hatte doch überhaupt keinen Grund dafür. Das kann ich ihm nie verzeihen!"

Was konnte ich nur tun? Lara trösten? Ihr Ratschläge geben? Stand mir das überhaupt zu? Mir fehlten die Worte. Ich fühlte mich in dieser Situation völlig überfordert mit diesem Häufchen Elend mir gegenüber. Aber schließlich musste ich ihr etwas sagen. Irgendwas.

„Lara, du musst Toni verzeihen! Du liebst ihn doch. Wer nicht verzeihen kann, bestraft sich selbst, weil er das Erlebte dann nicht verarbeiten kann. Du musst wissen, was du willst. Willst du dich von Toni trennen oder zu ihm stehen? Es gibt nur diese zwei Möglichkeiten. Beides würde oder wird dir alles abverlangen."
Lara versank in Selbstmitleid: „Wieso hat er das gemacht? Warum hat er nicht an mich gedacht? Warum hat er mir das angetan? Ich bin am Boden zerstört."

„Das ist verständlich, aber du musst wieder aufstehen! Hast du vor dem Zwischenfall keine Anzeichen bemerkt, dass Toni nicht mehr leben wollte?"

„Nein, ich habe nichts bemerkt. Alles war wie immer."

„Lara, mach dir nichts vor! Kein Mensch will seinem Leben ein Ende setzen ohne Grund. Dein Mann muss sich in einer tiefen Lebenskrise befunden haben und sehr verzweifelt gewesen sein, dass er keinen Ausweg mehr gesehen hat. Du darfst Tonis Schritt nicht mit Ärger und Wut verurteilen. Überlege doch, was ihm in den letzten Jahren alles passiert ist: Zuerst der Verkehrsunfall, dann der Arbeitsverlust und seine Frühverrentung, die finanziellen Einbußen, die Unterbrechung der Baumaßnahmen an eurem Traumhaus; die Angst, dass er es nicht mehr fertigstellen kann. Du hast mir erzählt, wie er nach dem plötzlichen Tod seiner Mutter gelitten hat. Und erst vor kurzem noch der Schlaganfall seines geliebten Vaters! Und sicher für Toni das Schlimmste, dass er, obwohl er keiner Berufsarbeit mehr nachgeht und zu Hause ist, den gelähmten Vater nicht bei sich aufnehmen kann und ihn in einem Pflegeheim der Stadt unterbringen musste. Toni hat seinen Kummer zu lange in sich hineingefressen und vertuschte offenbar seine großen psychischen Probleme, wahrscheinlich nur aus dem einzigen Grund, dich nicht damit zu belasten."

Keiner wusste, wie es jetzt weitergehen sollte. Aber so konnte es schließlich nicht bleiben.

Vorsichtig versuchte ich, einige Anregungen zu geben, war mir aber sehr unsicher, ob das sinnvoll war.

„Versuche, eine Kleinigkeit zu essen! Komme bald wieder zur Arbeit, das lenkt dich ab! Suche unbedingt einen Fachmann auf, der dir hilft, das traumatische Erlebnis zu verarbeiten! Irgendwann kommt Toni wieder nach Hause, wenn keine Suizidabsicht mehr besteht. Lass dich beraten, wie ihr miteinander umgehen sollt. Ich glaube, das Wichtigste sind emotionale Zuwendung, Liebe und Geduld. Miteinander reden und reden und reden und aktiv zuhören! Toni muss spüren, dass du ihn nach wie vor liebst, verstehst oder zumindest zu verstehen versuchst und dass er für dich wichtig ist. Keinerlei Vorwürfe! Stärke sein Selbstwertgefühl! Das alles braucht sicher einen langen Atem.“

Ich kam mir wie eine Klugscheißerin vor und fühlte mich in dieser Rolle nicht wohl.

Es gingen mir so viele Gedanken durch den Kopf. Wie lebt man weiter, wenn man sterben wollte? Ob man einen Weg findet aus der Krise heraus? Einen Weg mit einem Geländer, das Halt gibt? Wer könnte den beiden eine Schulter zum Anlehnen bieten? Woher sollte ich das wissen?

Mein „Helfersyndrom“ erwachte und ich nahm mir vor, Lara und Toni zu unterstützen und sei es nur durch Aufmerksamkeit, Freundlichkeit und Zuspruch.

Lara fand professionelle Hilfe bei einem Psychologen. Sie konnte wieder normal essen und kam zurück zur Arbeit.

Aus Tonis Kurzschlusshandlung machte sie kein Geheimnis und schenkte auch seinen Freunden reinen Wein ein. Sie waren sehr besorgt um ihn und wollten, dass während seiner Abwesenheit die Bauarbeiten im Haus weitergehen. Während sie früher zum Freundschaftspreis am Bau mithalfen, wollten sie es nun völlig kostenlos tun. In der Not zeigt sich, wer zu dir steht.

Laras Mutter gewährte ihrer Tochter einen zinslosen Kredit für Baumaterial. Die angedachte Einliegermietwohnung wurde mit allen Anschlüssen hergerichtet, gefliest sowie neue Fenster und Fußböden eingebracht. Der Trockenbauer machte die schiefen Wände gerade. Auch die Türen wurden ausgewechselt. Es fehlten nur noch Tapeten oder Farbe an den Wänden. Aber das Beste: Im Korridor wurden die Schaukelhaken aus der Decke entfernt und der gesamte Flur völlig umgebaut. Nichts sollte mehr an das schreckliche Ereignis erinnern. Was die Freunde hier zu Wege brachten – und zwar in so kurzer Zeit und nur in Feierabendstunden oder an den Wochenenden – das war einzigartig und bewundernswert.

Mein Mann kannte Lara und Toni nicht persönlich, aber ich hatte ihm von ihrem Schicksal erzählt. Mich ärgerte, dass er kein Interesse und Verständnis für das Geschehene zeigte.

Als Toni nach fast einem Jahr aus der Klinik entlassen werden konnte, traute er seinen Augen nicht. Er war sehr erstaunt über die Fortschritte am Bau.

„Komm doch wieder mal zu uns raus", bat mich Lara.

Eines Tages stieg ich nach der Arbeit zu ihr ins Auto. Zur Begrüßung umarmte ich Toni. Er schaute mich mit seinen tiefdunklen Augen an und lächelte. Sein Blick elektrisierte mich. Ich lächelte zurück. Dann zeigte er mir im Haus alles, was seine Freunde und Lara während seiner Abwesenheit vorangebracht hatten sowie auch den großen Garten.

„Den Garten hat Toni schon wieder in Schuss gebracht", sagte Lara anerkennend. Ich war begeistert.

Toni schien in guter Stimmung zu sein, ließ aber dann uns Frauen im Wohnzimmer allein, während er sich im Nebenraum aufhielt. Ich vermutete, dass er uns belauschte.

„Willst du mal Tonis tolle Fotos vom Garten sehen?", fragte mich Lara. „Gern", antwortete ich. Doch ich bekam keinen Packen Fotos in die Hand gedrückt, Lara machte den PC an. „Ach so, Toni hat eine Digitalkamera."

„Computer und Fotografieren sind seine Hobbys", erklärte mir Lara. Er hat schon viele Fotos mit Naturmotiven im PC gespeichert. „Lass mich mal ran", bat ich und öffnete einen Bilderordner nach dem anderen.

„Das sind doch keine Fotos, das sind Kunstwerke!", rief ich. „Die könnte ich mir immer wieder ansehen." Besonders hatten es mir die Makroaufnahmen angetan. „Auf den Fotos sieht man mehr als mit bloßem Auge. Mit was für einer Kamera macht er solche fantastischen Bilder?" – „Frag ihn selbst!"

Lara rief nach ihm und Toni zeigte mir seine Kamera. Schon waren wir ins Fachsimpeln vertieft, denn auch ich fotografiere gern, allerdings mit einer analogen Kamera. „Du wirst es nicht bereuen, wenn du auf digitale Fotografie umsteigst", war sich Toni sicher. „Und installiere im PC ein Bildbearbeitungsprogramm!"

„Das ist bestimmt alles sehr teuer. Außerdem habe ich keine Ahnung von all diesen Dingen und der Bedienung. Sicher bin ich zu dumm dafür. Gerade habe ich den PC-Anfängerkurs bei der Volkshochschule besucht. Vielleicht kann ich etwa fünf Prozent von dem, was der Computer leisten könnte. Ich war mit meinen 62 Jahren die älteste Teilnehmerin im Kurs."

Lara lobte ihren Mann: „Er hat sich das nötige Wissen allein angeeignet."

„Das funktioniert bei mir nicht. Ich brauche immer einen Lehrer. Mein Mann hat keine Ahnung vom PC und mein Sohn arbeitet auswärts. Er hat seine eigene Familie und wenig Zeit für mich, keine Geduld und außerdem schimpft er mit mir, wenn ich versehentlich wieder etwas verstellt, einen Virus eingefangen oder etwas vergessen habe."

Es wurde ein schöner Abend. Toni fuhr mich nach Hause. Beim Abschied hielt er lange meine Hand und sagte: „Ich kann dir alles an deinem PC erklären, was du wissen willst. Das kriegen wir hin. Und eine Digi ist gar nicht so teuer. Es kommt beim Fotografieren nicht nur auf die Kamera an, sondern auf denjenigen, der hinter der Kamera steht und ob er ein Auge fürs Motiv hat", meinte Toni. Ich freute mich über sein Hilfsangebot …

Einige Tage später war ich im Fotoladen und wollte mir Digitalkameras ansehen. Dort traf ich zufällig Toni. Er und der Verkäufer berieten mich. Schließlich kaufte ich als Sonderangebot eine gute Sony für 340 Euro.

Die Kamera war nicht nur ein „Spielding" schlechthin, sie wurde für mich ein Therapiegerät mit magischer Anziehungskraft und Aufforderungscharakter, in jeder freien Minute mit dem Rad in die Natur hinauszufahren und mich zu bewegen. Nach jedem Streifzug durch Felder, Parks und Gärten sah ich mir abends am Display der Kamera die Fotos an und war mit den Ergebnissen sehr zufrieden. Mein Mann war nicht sonderlich erfreut über mein neues Hobby, weil ich in meiner Freizeit ständig ohne ihn mit dem Rad unterwegs war und fotografierte. Aber er hatte ja auch seine Freiräume, ging täglich joggen oder traf sich mit seinen Skatbrüdern.

Eines Abends stand Toni unangemeldet vor meiner Tür. „Ich bringe dir etwas vom Garten, eben frisch geerntet."

Er streckte mir ein Sträußchen Petersilie und zwei Gurken entgegen. „Oh, danke!", sagte ich überrascht.

„Hast du schon Fotos mit der Sony gemacht?", wollte er wissen. „Darf ich sie sehen?" – „Komm rein!"

Ich ging mit Toni ins Arbeitszimmer und erhielt meine erste Unterrichtsstunde durch ihn. Von einem Stick überspielte er seine schönsten Makroaufnahmen und außerdem meine Fotos von der Kamera auf den PC. Gleichzeitig installierte er mir ein Bildbearbeitungsprogramm.

„Beim nächsten Mal zeige ich dir, wie du mit diesem Programm deine Fotos bearbeiten kannst."

„Toni, wir müssen vorher einen Termin vereinbaren. Das geht bei mir nicht so spontan. Nicht an jedem Abend habe ich Zeit. Ich muss mich mit meinem Mann abstimmen und will zuerst wissen, was deine Dienste kosten. Auch das Gemüse möchte ich nicht umsonst haben."

„Was redest du da?", erwiderte er. „Wir können gar nicht alles allein verbrauchen, was im Garten wächst." – „Aber du hast doch auch Spritkosten durch die Fahrerei vom Dorf in die Stadt."

Toni erwiderte: „Ich fahre ohnehin jeden Tag in die Stadt, um nach meinem Vater im Pflegeheim zu sehen. Und wenn ich dir etwas am PC erkläre, tue ich das gern und nehme dafür kein Geld!"

An unseren vereinbarten nächsten Termin für den „PC-Unterricht" hielt sich Toni leider nicht. Er stand fast an jedem Abend vor der Tür und brachte mir etwas aus seinem Garten. „Ich bin schon wieder weg", sagte er entschuldigend.

Mir wurde das zu viel, aber ich wollte auch nicht unhöflich sein und die Annahme ablehnen. Meinem Mann missfiel das ebenfalls: „Wieso schleppt der jeden Tag Gemüse an? Sonderbar!" Ich vermutete, dass Lara nicht wusste, dass mir ihr Mann täglich etwas aus dem Garten vorbeibrachte ...

Am vereinbarten Termin zu meiner nächsten Computerunterweisung verabschiedete sich mein Mann und ging zum Skatabend. „Macht nicht zu lange", riet er mir.

Toni kam pünktlich und legte sofort los. Ich hatte große Probleme mit der Bildbearbeitung. So viele Funktionen und Handlungsabläufe! „Langsam, langsam! Ich kann mir das alles nicht so schnell merken und muss die Schrittfolgen aufschreiben, sonst habe ich bis morgen alles vergessen." Aber ich fand es faszinierend, wie man aus einem mittelprächtigen Foto ein gutes machen konnte.

Nach zwei Stunden ließ meine Konzentration rapide nach und ich war nicht mehr in der Lage, noch etwas Neues aufzunehmen. „Machen wir Schluss für heute", bat ich Toni.

„Darf ich eure Toilette benutzen?", fragte er.

„Im Flur, die zweite Tür rechts."

Als er wieder zu mir kam, sagte er: „Ich sah im Bad eine Personenwaage. Darf ich mich mal wiegen?" Ich hatte nichts dagegen.

Warum dauerte das so lange? Ich ging in den Flur, da kam mir Toni aus dem Bad entgegen. Barfuß. Splitterfasernackt! Über einem Arm die Klamotten, in der anderen Hand seine Schuhe, in denen die Socken steckten.

Im Bruchteil einer Sekunde erkannte ich: Vor mir stand ein gut gebauter, wunderschöner junger Mann, der mein Sohn hätte sein könnte. Ein wahrer Adonis! Und er lächelte.

Ich war total irritiert und fassungslos. So etwas geht gar nicht! Was sollte das? Unvermittelt ging ich vom Du zum Sie über und befahl in barschem Ton: „Herr Künzel, ziehen Sie sich sofort wieder an, aber schnell! Tempo, Tempo!"

Toni beeilte sich. Als er sich den zweiten Schuh zuband, kam mein Mann vom Skatabend zurück und schaute missbilligend auf seine Uhr. Es war schon nach 22 Uhr.

Ich verabschiedete Toni und sagte: „Vielen Dank! Das war heute unsere letzte Unterrichtsstunde."

Hochzeit mit Hindernissen

Bärbel antwortete 1960 auf eine Kontaktanzeige in der „Wochenpost". Eigentlich rechnete sie nicht wirklich mit einer Antwort, denn das Blatt war eine überregionale Zeitschrift in der DDR.

Als doch eine Antwort eintraf, öffnete sie neugierig den Umschlag und erfuhr, dass Bernd an der Technischen Hochschule Magdeburg gerade ein Studium zum Maschinenbauingenieur begonnen hatte und sie gern kennenlernen wollte. Er war zwanzig Jahre alt, Waise und hatte seine Kindheit in einem Heim verbringen müssen.
Bärbel wohnte in einem kleinen Dorf in Sachsen. Bis nach Magdeburg waren es ca. 230 km. Das waren nicht die besten Voraussetzungen für ein Kennenlernen. Es kam dennoch zustande.

Was keiner erwartet hatte, sie verliebten sich auf den ersten Blick ineinander. Schon nach zwei Monaten schmiedeten sie Pläne für eine Hochzeit. Das erwies sich als schwierig. Bernd besaß nichts außer den Sachen, die er auf dem Leib trug. Bei Bärbel sah es nicht viel besser aus, denn sie war als Jüngste von fünf Geschwistern bei ihrer Mutter aufgewachsen. Der Vater hatte sich schon vor Jahren aus dem Staub gemacht. Geld war immer mehr als knapp …

Durch sein Wissen und Kunstinteresse verdiente sich Bernd ein paar Mark hinzu. Er machte an den Wochenenden Führungen durch Kunstgalerien.

Bärbel befand sich noch in der Ausbildung zur Erzieherin. Sie hatte ebenso eine künstlerische Ader und fertigte Glückwunschkarten für einen Kunstgewerbeladen an. So kamen sie finanziell recht und schlecht über die Runden. Für Extras gab es keinen Spielraum.

Eine Hochzeit kostet etwas. Man muss eine Gebühr bezahlen, braucht zumindest Ringe, eine entsprechende Kleidung, vielleicht einen Blumenstrauß und ein Foto nach der Trauung. Woher das Geld dafür nehmen? Bernd erhielt 195 Mark Stipendium. Davon gingen 15 Mark Miete monatlich für ein kleines möbliertes Zimmer ab. Auch die Fahrkarten für ihre Wochenendtreffen waren nicht umsonst. An Sparen war nicht zu denken.

Bärbels Mutter war gegen diese schnelle Bindungsabsicht. Sie redete ihrer Tochter ins Gewissen: „Du bist erst 20 und musst nicht überstürzt den Erstbesten nehmen. Lerne ihn doch erst einmal richtig kennen und warte ab, bis er sein Studium beendet hat und ihr finanziell etwas besser dasteht. Du weißt, dass ich dir deine Hochzeit nicht finanzieren kann."

Aber sie merkte schnell, dass sich die beiden nicht von ihrem Plan abbringen ließen. Deshalb unterließ sie es, weiter auf ihr Kind einzureden und überlegte stattdessen, wie sie ihrer Tochter helfen könnte …

Die Verliebten bestellten das Aufgebot in Magdeburg. Dort würde die Trauung ohne Beisein anderer Personen anonym über die Bühne gehen.

Keiner in Bärbels Heimatdorf hätte Gelegenheit, sich das Maul zu zerfetzen …

Die Mutter spendete der Tochter ihren Ehering, der ohnehin für sie keinen Wert mehr besaß. Ein Goldschmied nahm ihn für ein Paar Trauringe mit in Zahlung. Außerdem bezahlte die Mutter das feine hellgraue Kostüm mit Nadelstreifen und eine weiße Bluse als Hochzeitsoutfit für ihre Tochter.

Bernds Vermieter, der ungefähr die gleiche Figur wie er hatte, lieh ihm seinen schwarzen Anzug für den Gang zum Standesamt.

Am Freitagnachmittag vor der Trauung gingen beide in einen Blumenladen, der am Samstag erst um neun Uhr öffnete. Um neun Uhr sollte jedoch schon die Trauung stattfinden. Brautsträuße waren unerschwinglich teuer. So erwarben sie einen einfachen Strauß mit sieben roten Rosen.

Bärbel und Bernd waren aufgeregt und schliefen schlecht. Am Morgen standen sie früh auf.

Ihre Nervosität steigerte sich von Minute zu Minute. War diese schnelle Hochzeit ein nicht zu großes Risiko?

„Oh Gott, was ist mit den Rosen los?", fragte Bärbel entsetzt. Über Nacht waren sie völlig aufgeblüht.
Zwei ließen sogar die Köpfe hängen. Das sah echt nicht mehr gut aus.
„Egal, der Strauß muss noch bis zur Trauung durchhalten", meinte Bernd.
Beim Frühstück rutschte etwas Johannisbeergelee von Bärbels Brot, fiel direkt auf ihre Hochzeitsbluse und hinterließ einen auffällig hässlichen roten Fleck, genau dort, wo er von der Kostümjacke nicht verdeckt werden konnte.
So sehr sie sich auch bemühte, sie kriegte ihn nicht weg. Es half nichts, Bärbel machte Wasser zum Waschen warm. Mit Hilfe von Seife und Shampoo wurde die Bluse wieder sauber. Aber Bernd und sein Vermieter besaßen kein Bügeleisen, um das Teil trocken zu bügeln. Bärbel wickelte die Bluse in ein Handtuch, drehte und wrang die Rolle. Zum Glück hatte sie ihren Föhn dabei, der zum Trocknen herhalten musste. Nun war die Bluse zwar sauber und noch etwas feucht, aber total zerknittert.

Dreißig Minuten waren es zu Fuß bis zum Standesamt. Ein Taxi konnte sich das Paar nicht leisten. Die Trauung dauerte nicht lange. Als glückliche Eheleute verließen beide das festlich ausgestattete Hochzeitszimmer. Aber am Ausgang des Rathauses wurde ihnen durch viele Kinder der Weg mit einem Band versperrt. Sie warteten darauf, dass der Bräutigam Münzen in die Runde wirft. Erst dann wollten sie den Weg freigeben. Bärbel kannte diesen Hochzeitsbrauch aus ihrer Kindheit. Sie verpasste keine Hochzeit, um zu etwas Geld zu kommen, denn Taschengeld bekam sie nicht. Aber an diese Tradition hatten sie bei ihren Vorbereitungen nicht gedacht.

Die Kinder blieben stur und ließen sie nicht durch.

Bernd hatte keinen Pfennig in der Tasche. Wütend rief er: „Macht Platz! Wir haben kein Geld." Er hob das Band in die Höhe und endlich konnten beide gehen, hinter sich die enttäuschten Kinder. Ein Junge brüllte: „Geizhals! Geizhals!" Schon fielen alle anderen stimmgewaltig in das Geschrei ein und riefen im Chor: „Geizhals! Geizhals!" Voll peinlich! Bärbel und Bernd machten, dass sie davonkamen und liefen immer schneller. Die aufgeweckte Kindermeute grölend hinterher. Sie verfolgte das geizige Brautpaar durch einige Straßen und erregte großes Aufsehen bei den Passanten. Schließlich gaben die Kinder auf und liefen zurück. Vielleicht hatten sie beim nächsten Brautpaar mehr Glück.

Nun sollte noch der Fotograf ein Bild schießen. Sie hatten nicht damit gerechnet, dass der Aufenthalt im Atelier so lange dauerte. Der Fotograf war Bärbel total unsympathisch. Warum machte er so viele Fotos? Sie wollten doch nur eins.

Sekundenlang mussten sie in unbequemen Posen bewegungslos ausharren, während er ihre Köpfe ausrichtete und sie mit durchdringenden stieren Blicken ansah. Dann sollte Bärbel auch noch ihre Kostümjacke ausziehen. Sie widersprach: „Nein, die Jacke bleibt an!"

Der Fotograf bestand darauf: „Wenn Sie ein schönes Bild haben wollen, müssen Sie schon machen, was ich sage."

Bärbel schämte sich wegen der zerknitterten Bluse und den zu weit aufgegangenen Rosenblüten. Beide waren froh, als sie das Atelier verlassen konnten.

Sie hielten sich an den Händen und hüpften fröhlich nach Hause. Das war geschafft!

Der Rosenstrauß flog in die Tonne. In Bernds Zimmer packten sie die Reisetasche und machten sich auf den Weg zum Bahnhof.

Nach dem Kauf der Fahrkarten blieben noch ein paar Groschen übrig und sie leisteten sich eine Nudelsuppe im Pappbecher. Dieses „Hochzeitsmahl" nahmen sie im Stehen an einem Imbissstand ein.

Die „Hochzeitsreise" ohne einen einzigen Pfennig in der Tasche ging nach Sachsen zu Bärbels Mutter. Sie beköstigte die Frischvermählten eine Woche lang.

Die Dorfbewohner fanden sich damit ab, dass sie dem jungen Paar nichts schenken sollten und es keine große Feier gab ...

Meine Sprüche über das Leben

- ➢ Das Leben ist keine vergebliche Aufgabe, aber eine Kunst.

- ➢ Bei der Bahn regeln hochentwickelte technische Systeme die Streckenführung eines Zuges, aber für seinen Lebensweg muss jeder selbst die Weichen stellen.

- ➢ Das Leben ist eine einzige Gratwanderung. Man weiß nie wirklich, was morgen passiert.

- ➢ Welche Wunden dir das Leben auch zugefügt haben mag, im Dickicht der Erinnerungen verlieren sich die Wege der Tränen.

- ➢ Dinge, die das Leben versüßen, wollen zuvor erarbeitet werden.

- ➢ Glück ist, wenn du im Leben immer die Kurve kriegst, ohne dich verbiegen zu müssen.

- ➢ Wer die Farben auf seiner Lebenspalette immer wieder neu mischt, dessen Tage werden weder an Buntheit noch an Spannung verlieren.

- Wer sich kopfüber ins pralle Leben hineinstürzt, nimmt auch die Schürfwunden mit in Kauf.

- Wer den Farben des Lebens neue Nuancen hinzuzufügen weiß, macht die Welt reicher.

- Das Leben ist schön, auch wenn es manchmal weh tut.

- Wer im Leben vorankommen will, muss lernen, über den eigenen Schatten zu springen.

- Träumer träumen sich das Leben schön, wenn es am Schönen mangelt.

- Lebt euer Leben auf dieser himmlischen Erde und wartet nicht darauf, irgendwann vielleicht in den Himmel zu kommen.

- Das Leben ist eine Gleichung mit vielen Unbekannten.

- Als Glückspilz wird keiner geboren. Jeder muss selbst etwas dafür tun, im Leben glücklich zu sein oder glücklich zu werden.

- Du kannst dir die Dinge nicht immer aussuchen, die am Rande deines Lebensweges auf dich warten.

- Mit einer glücklichen Kindheit hast du das große Los für ein ganzes Leben gezogen.

- Deine starken Wurzeln sind es, die im Leben für einen aufrechten Gang, Stärke und Stehvermögen sorgen.

- Im Leben dominiert der Zufall. Die glücklichen Zufälle sind eher selten.

- Reich ist, wer das Leben liebt und die Liebe lebt.

- Wenn du endlich alle Prüfungen bestanden und das Diplom in der Tasche hast, beginnen die unzähligen Prüfungen des Lebens.

- Beklage das Leben nicht, repariere es!

- Wer seinem Leben eine feste Ordnung gibt, kommt leichter durch den Tag.

- Einen alten Baum betrachte ich mit Ehrfurcht und Staunen: Das ganze Leben lang auf einer Stelle stehen und dennoch so weit nach oben kommen.

- Falls du vergisst, während der Lehrzeit zu fragen, holen dich die Fragen im Leben wieder ein.

- Bürokratie – gestohlene Lebenszeit!

- Auch auf der Sonnenseite des Lebens zeichnen die Schatten ihre Spur.

- Zwei Hände, die zupacken können, ein Kopf, der denken kann, damit lässt sich im Leben etwas anfangen. Aber nur wenn das Herz mitspricht, wird aus einem guten Anfang auch ein gutes Ende.

- Betrachte jeden neuen Tag als ein Geschenk für dein Leben.

- Das Leben ist die beste Universität.

- Keine Aufgabe im Leben gelingt ohne Mühe.

- Wer sich keine Zeit zum Leben nimmt, dem nimmt das Leben die Zeit.

- Ich bin viele Wege in meinem Leben gegangen, aber keiner war ohne Steine.